W0323738

»Und gerade am Nachmittage, wo ich mein Inneres mit Trauertuch ausschlug und den Flor anlegte für das einschlummernde Jahrhundert, war ich ganz allein in meinem Schlößlein zu Mittelspitz... Mir war nicht wohl... Schnell eilten die künftigen Jahrhunderte, wie Fixsterne vor dem Sternrohr, vorbei, endlich kamen lange Jahrtausende... Während diesen Phantasien war mir einige Male gewesen, als hört' ich leise Worte... Ich tat die Hand vom Auge – die wunderbare Nachtgesellschaft war im Zimmer. Himmel! wer sind Sie, wie kamen Sie, was wollen Sie?«

Wie nun diese seltsame Gesellschaft – ein totenblasser Jüngling mit kleinem Bart, ein zweijähriger Knabe, eine weißverschleierte Jungfrau, eine rotgeschminkte Maske mit Schlafmütze und ein mageres Wesen mit Schwedenkopf – dem einsamen Erzähler die Silvesternacht vertreibt, entwirft Jean Paul ebenso spannend wie skurril.

»Mir begegnete es oft, daß Menschen plötzlich aufhorchten, wenn ich von Jean Paul zu sprechen begann, und mir gestanden, dies sei ihr Lieblingsdichter... Er war Deutschlands freiester Geist, nicht bloß eine Zeitlang sein liebenswertester Dichter.« Hermann Hesse insel taschenbuch 2262

Jean Paul

Die wunderbare Gesellschaft in der Neujahrsnacht

Jean Paul
Die wunderbare Gesellschaft in der Neujahrsnacht

Erzählungen

Herausgegeben von
Hermann Hesse

Insel Verlag

insel taschenbuch 2262
Erste Auflage 1998
© Insel Verlag Frankfurt am Main und Leipzig 1998
Alle Rechte vorbehalten
Hinweise zu dieser Ausgabe am Schluß des Bandes
Vertrieb durch den Suhrkamp Taschenbuch Verlag
Umschlag nach Entwürfen von Willy Fleckhaus
Satz: Hümmer GmbH, Waldbüttelbrunn
Druck: Nomos Verlagsgesellschaft, Baden-Baden
Printed in Germany

1 2 3 4 5 6 – 03 02 01 00 99 98

Das heimliche Klagelied der jetzigen Männer

Erste Ruhestunde:
Räsonierender Katalog der handelnden Personen · Der Aprilnarr

Kleidete ich diese Ruhestunde in einen Komödienzettel ein, so höb' ich freilich an: der Schauplatz ist in Krähwinkel, einem hübschen aber sehr kotigen und steinigten Landstädtchen in Flachsenfingen, woraus drei farbenstriemige Holz-Ellenbogen jeden, der sich unter dem Tore nach Wegweisern umsieht, in drei Weltgegenden versenden. Allein die Ruhestunde ist mehr eine Komödie als ein Zettel davon, und Krähwinkel ebensowohl die Schauspielertruppe als der Schauplatz. Seit Jahren rang schon die Stadt nach vervis probandi und ganz entscheidenden Schlüssen in Festino Darapti, Barocko und Ferison, daß der schönlockige Konsistorialrat Perefixe wirklich die Ehe breche mit der Berggeschworenen, der Madam Traupel, vermuten konnt es jeder. Nur über die Frau waren die Frauen nicht zweifelhaft, sie warfen mit gewöhnlicher Wahl (wie man bei neugebornen Hündchen tut) bloß das schönere Geschlecht ins Wasser. Jede Krähwinklerin wünschte eine Helferin in jeder Not und besonders eine Geburtshelferin zu sein, bloß um die Hilfe so lange zu verweigern, bis nicht nur der Vater des Lebens-Prätendenten angegeben war, sondern auch die sämtlichen Vettern, Basen, Stiefgeschwister und Stiefeltern des Wurms. Überhaupt gibt's in kleinen Städten keinen verdrießlichern, windigern Ort – der Pranger ist dagegen ein Luststand – als ihre Gedächtnistafel, dieses Portativ-Drillhäuschen, das man immer voll auf jedem Kanapee aufstellt und umdreht. Die Vergißmeinnichte – welche schon die Botaniker unter die Giftpflanzen stellen, und welche es durch die Liebe noch leichter werden – sind, aus der Hand eines Städtchens gereicht, ein Blumenstrauß, den man einem armen Sünder ansteckt. Beschädigen will dabei niemand, weil jeder weiß, daß der Prangerstatist immer in der Stadt so vollgültig nachher kursiere als vorher; so wie Juden, welche die Goldstücke in Scheidewasser einweichen, nur ihr Gewicht, nicht ihr Gepräge ändern wollen, sondern den fernern Kurs vielmehr herzlich verlangen.

Die Frage nun, welche – so wie Neuton, Bernoulli, Leibniz schwere Probleme und Resultate in den Leipziger actis eruditorum ausstellten, damit das ganze mathematische Europa darauf vernünftig antwortete – ebenso der Rat Perefixe und die Geschworne Traupel in den Krähwinklischen actis sanctorum dem Städtchen über ihren gegenseitigen Ehebruch vorlegten, damit es entscheide, war wie folgt abgefasset, so wie überhaupt die ganze Historie wie folgt angeht:

Der Konsistorialrat Perefixe war ein Mann, den man – wenn er im Sommer in den Damenklub des Nusmanschen Gartens trat, mit jugendlichen Blicken und offener heiterer Stirn, so gewandt und zierlich und als leichter Regisseur der sitzenden Truppe von ersten Liebhaberinnen – schwerlich für einen Konsistorialis nahm, geschweige für den ersten Sänger des heimlichen Klagelieds. Er gehörte unter die Leute, die in Deutschland von keinem Gewichte sind, weil sie mehr Quecksilber haben als Blei, alles schien und war den Krähwinklern zu schnell an ihm, seine Sprache, seine Rührung, seine Liebe und Gefälligkeit und dabei zu stark; jeder Fremde interessierte ihn so sehr und jede Fremde zu sehr. Die bleierne Stadt will erweisen, daß er den Bettelstab in den Händen hätte, wenn das salische Gesetz noch regierte, das einen Mann für jeden Druck einer fremden weiblichen Hand mit 15 Goldschillingen abstrafte; und sie bewahrt Leute auf, die es aus dem eignen Munde dieses lutherschen Konsistorialrats vernommen, daß er sich gewünscht, ein – Kardinal zu sein, bloß weil dieser das Recht genösse, jede Fürstin und Königin* auf den Mund zu küssen. Ein närrischer Mann! Doch in letztem Wunsch ist ihm heutzutage nachzusehen und ich trüge selber mit Vergnügen einen roten Hut. –

Natürlich ist er daher wie ein Franzos – und seinem Namen nach gehört er ja zur Kolonie – nicht galant gegen eine Frau, sondern gegen alle; und er dediziert – wie der Italiener jeden Band eines Werks einem anderen Mäcen – so jede halbe Stunde einer anderen Gönnerin, allein was die Stadt nicht übersieht, ist seine auszeichnende Liebe zu Madam Traupel und seine Besuche bei ihrem Manne. Dieser, von welchem sie den dummen Namen her hat, ist Berggeschworner und weniger auf der Erde bekannt, als unter ihr. Dieser Berggeist oder Bergleib mit kurzer Nase und Stirn mag wohl besser und vielhaltiger sein als ich ihn schildern will – seine Seele ist nicht wie die im orbis pictus aus Punkten, sondern aus Kommaten zusammengeschmiert, die nichts anfangen und nichts endigen – das

* Ausgenommen die französischen, nach Voltaire.

dicke Fallgatter seiner schmalen Stirn lässet keine fremde Meinung ein und das wenige, was er mit Wirkung lieset, ist vom Knappschaftsschreiber aufgesetzt – einen Lorbeerbaum, dessen Pfahlwurzel nicht in die Schachte hinein wächset, kann er nach seiner Meinung umblasen und das A–leder ist ihm die einzige Logenschürze, die rechte bunte Flügeldecke des Menschen – fremder Hochmut setzt ihn ganz außer sich: »ich könnte so gut prahlen als mancher andere (sagt er), aber mit mehr Recht«. – Eben so schont er fremde Dummheit nicht: »ich muß sagen, sagt er, einfältige dumme Pinsel sind mir recht verhaßt; ich kann nicht leugnen, einfältiges Ochsenvolk steh' ich nicht aus und ich zwick es nach Gelegenheit erbärmlich«. – Er hat die gute Gewohnheit deutscher Autoren, jeden Gedanken wie einen Wechsel nach Welschland, stets zweimal nacheinander abzusenden, welches mir schon aus dem Gehirn – wo solcher wächset – einleuchtet, weil jeder Teil und Hügel doppelt daliegt. – –

Zu verwundern ist nur, wie er eine Frau nahm und bekam, welche fünfzehn Sommer jünger als er – denn er war fünfzehn Winter älter als sie – und überhaupt so schön, klug, keck, arm und gelehrt war, daß er eher in den nächsten Schacht vor ihr hätte untertauchen, als ihr daraus im Bräutigamrock entgegensteigen sollen. Die geizigsten Männer haben zwar oft eine Stunde, wo die Liebe aus einem Handelsartikel ein Glaubensartikel wird, die wildesten eine, wo sie den Essig erreichen, der sich versüßet, wenn er die heiße Linie passiert, wiewohl er wieder versäuert, wenn er retour geht, aber die Sache war anders und bloß der April, den die Alten mit einer Blume malten, gab unserem Traupel eine, nämlich seine

Frau. Es ging so: Den ersten April bat sie den Bergmann um die doppelte Erlaubnis, mit einer Freundin aus seinem großen Hause dem Jahrmarkte zuzusehen und ihn da in den April zu schicken. Das war für seinen innern Menschen wahre grüne Fütterung; er gab wohl zu, daß man eben so klug sein könnte, wie er, aber nicht klüger; denn das Unverständliche war ihm das Unverständige, und Dunkelheit diesseits seines Augenlides eine jenseits desselben. Er schwur heimlich, nichts zu tun was sie begehre, um sich in kein Aprilnarrenhaus zu verlaufen. Sie kam und versicherte ihn mit aufreizender Gewißheit, sie werd ihn dahin verschicken. Er versetzte, wenn ihr das gelinge, erbiet er sich, sie jedes Jahr, so lange sie lebe, ins Karlsbad auf seine Kosten zu schicken, – »und ich«, sagte sie, »wette mich selber, ich heirate Sie«.

Auf dem Markte war allerlei zu sehen und eben so viel darüber zu reden; aber Traupel hütete sich vor letztem. Er sah lieber Ninetten an und lauschte auf jede mimische Woge, die um jede Fischreuse spielte, in die er einfahren, auf jede Schwimmfeder eines Angelhakens, der für seinen Hechtkopf ein Passioninstrument werden könnte. Auch Ninette schaute weniger die verworrenen Bewegungen des Marktplatzes an, als die seiner Physiognomie, anfangs schelmisch, zuletzt teilnehmend. Plötzlich fuhr sie vom Fenster zurück, sie entdeckte einen Schieferdecker im Laufband seines Luftbänkchens den nahen Lorenzturm umrutschend. Dieser im Himmel und an so wenig Hanffasern hängende Laufstuhl machte ihr zu bange. Traupel setzte sich mit ihr aufs Kanapee; die Freundin, eine etwas dickgepolsterte jungfräuliche Fünfundvierzigerin, verharrte am Fensterstock, weil sie in der

Welt nichts lieber tat als – sehen, schon aus Mangel der Ohren weniger des Gehörs. Der feine Traupel hatte bloß den Aprilnarren im Kopf und bedachte alles, was er sagte. Ninette versicherte, sie verstehe ihn recht gut, er wolle nur das Badreisegeld erretten, sogar auf Kosten seiner und ihrer Freiheit, aber es soll ihm gewiß nicht so gut werden. Es wurde nun sehr gefochten – er fand freilich schöne Absichten auf sich in ihrer Aprilwette und glaubte sein Bild oder Bildchen sei in ihrem Herzen und gucke, sich auf die Zehen stellend, aus ihrem warmen Auge mit dem Gesichtchen zum Fenster heraus – er wurde noch entschlossener, seine Wette und Ehre und dadurch sie selber zu gewinnen – er machte in der Tarantel-Allemande der Liebe das Kompliment, die pas balancées, die Viertelsphysiognomie, den einfachen Händewechsel, die ½, die ¾, die ganze Physiognomie im Drehen und endlich den halben deutschen Sklaven mit dem pas enboitté und vergaß sich und den April, und sprach vom Glückauf dieser Stunde (er ließ eigenhändig eine Repitieruhr an ihrem Halse solche repetieren) und erklärte außer noch andern Dingen seine Liebe. – Da sprang sie lachend auf und sagte, daß es beinahe die taube Fünfundvierzigerin störte: Aprilnarr, Aprilnarr! Wer liebt Sie denn? Ich nicht. Der Geschworne war halbtot, folglich zum Glück auch halblebendig – sagte, das sei ja gottlos hausgehalten mit ihm – wurde versäuert, wieder abgesüßet – allein nach einigen Tagen gab sie so weit nach, daß sie beide verlieren wollten und sie die Heirat und er die jährliche Badreise verwettet haben sollte.

Wollte der Himmel, ich hätte damals ein Heiratsbureau offen gehalten und die Geschworne wäre in mein

Kontor getreten, ich würd ihr einen ganz andern Mann, einen, der ein Haus macht, einen Grafen oder dergleichen zugewiesen haben. Lieset sie nicht die besten Franzosen und kann keinen zu sprechen bekommen, außer unsern Herrn Perefixe? – Hat sie nicht durch Kultur eine gewisse künstliche Einfachheit und Phantasie gewonnen, und ist eine unverwelkliche italienische Blume, die sich durch feine Öle den Geruch der natürlichen ansalbt? – Braucht sie nicht entsetzlich viel Geld, so daß ihr Berg-Mann ihr nur als das graue Berg-Männlein erscheint, das den Zeigefinger auf Goldadern ausstreckt? – Ist sie nicht der besten hysterischen Zufälle und Konvulsionen mächtig und hält darin dem Geschwornen die strengsten Bußreden und sind diese hysterischen Kontroverspredigten nicht den besten Gardinenpredigten, die wir haben, vorzuziehen? – Mit einem Wort, hat sie nicht eine vornehme ahnenreiche Ehe nötig? die wie ein Konferenzzimmer rangsüchtiger Gesandten, viele Türen und keinen Ofen hat? – Kurz, ist sie nicht der Engel und der Teufel in einer Person?

Was freilich Traupel mit ihr tut, wenn er zuweilen in seine vier Pfähle zurückkommt und der fünfte ist, das wird mir schwerlich können hell gemacht werden. Mit Perefixe ist es etwas anderes, aber das ist der Kern meiner Stadtgeschichte.

Kein Krähwinkler – wenigstens Traupel nicht, der nur am Berg-Schabbes, am Sonnabend, nach Hause kam, wo Perefixe Amtswegen zu Hause blieb – kann so oft auf dem bergmännischen Kanapee gesessen sein, als eben der Konsistorialis; er schwang sich zum Gesellschafter hinauf, von da zum Hausfreund und hatte nur noch die höchste Charge vor sich, den Hausfeind. Traupel wußt es zu schätzen, daß sich ein Mann und Vikarius vorfand, der mit seiner Frau parlierte und ihre »weltweisen Schnurren« (sie war eine Philosophin) einging, da sie jeden andern Krähwinkler aus Ekel vor allem Kleinstädtischen stolz aus ihrem Zauberkreise wies. Sogar wenn sie ihrem Manne, der keinen Vogel lieber schoß als einen festen hölzernen auf der Stange, es erlaubte, eine kleine Schützengesellschaft zu einem Privatschießen zusammenzubitten, so mußten die Schützen poetische Zentauren, halb Menschenpferde, halb Schützen sein, gebildete Edelleute aus der Nachbarschaft, denn sie sagte, ihr falle am Ende doch alles auf den Hals. Die Herren kannten nämlich des Bergmanns Passion für diese stehende Vogeljagd; folglich suchte jeder ein Vergnügen (er sprach während des Schusses mit der Frau) darin, daß er den Geschworenen für sich schießen ließ, so daß dieser als das repräsentative System der Schützenkompagnie und als ihr Kreisstand und Zentralpunkt immer in Kreisstand und so als bevollmächtigter Gemeinschütze (in jedem und auch in seinem Namen) den ganzen Vogel allein herunterholte. –

Wie kam ich auf diese Geschichte? – Kurz sie trug am meisten mit bei, daß die sämtliche Geistlichkeit, die ohnehin an ihrem Löseschlüssel längst den Bart abgedreht hatte, und der Wirt vom Hotel de Krehwinkel sich darauf totschlagen ließen, der Konsistorialis gehe nicht auf guten Wegen, sondern »extra«, die Weiber dieser Männer (auch weniger Fleckausmacherinnen als Fleckmacherinnen) nahmen die Geschworne als kokette Wildschützin jedes ehelichen Grenzwildprets auf sich und wollten sämtlich darauf sterben, bloß Ninetta sei der Teufel und hebe an ihrem Angelhaken den guten jungen Mann aus dem Wasser.

Nur eine Frau dachte edler von ihm, seine eigne. Josephine hatte die göttliche Kraft, einem Menschen zu vertrauen. Sie ließ die großen künstlichen Waschmaschinen, in welchen ganze Familien auf einmal (Tee oder Kaffee wird als Lauge zugegossen) sehr gut eingeweicht, gehandhabt und gewalket werden, niemals in ihrer Stube aufstellen. Seine Zephyretten-Natur wurde durch ihren christlichen Ernst und durch die Wage ihrer weiblichen Besonnenheit sanft angehalten; seine Föderationfeste mit allen Menschengesichtern wurden unter ihren Richteraugen nüchterner begangen; und eben so führte wieder umgekehrt sein leichter Gang auf dem Lebenswege und die Freundlichkeit, womit er allen Pilgern seine Hand und was darin war anbot, diese einsame stolze Seele auch an andere näher heran.

Sie schrieb seine Besuche bei Ninetten, da diese die feinste Frau im Orte war und er der feinste Mann, der Verwandtschaft ihrer Kultur und Lektüre zu. Er war der einzige Geistliche in Krähwinkel, der imstande war, Ninettens Schminke zu verzeihen, oder der es zu schätzen wußte, wenn sie sich ganz über stümperhafte Maler erhob, welche ihr Unvermögen im Nackten durch Gewänder verdecken. Doch konnte Josephine für ihre Zuversicht weiter nichts anführen, als seine bisherige Rechtschaffenheit und den Schluß von ihrem Herzen auf seines und die Donnerkeile, die er von jeder Höhe, nicht bloß von der Kanzel, auf das liederliche, Herzen- und Ehebrechende Säkulum fallen ließ. Er ließ sich oft auf den

Beweis ein, daß, wenn das künftige Jahrhundert auch sonst der Menschheit das Krankenlager weicher bettete, es doch den intermittierenden Puls derselben vermehren würde – der Anstalten zu einer allgemeinen Entkräftung und Auskernung, bewies er, seien zu viele –, der Luxus wachse höher mit dem Reichtum, dieser mit jenem, die Armut mit beiden, die Ehelosigkeit und die Verspätung der Ehen mit allen dreien, die frühere Mannbarkeit desgleichen mit dieser und jenen wieder die Ausschweifung und mit der Ausschweifung wieder alle jene Übel und so gehe die entsetzlichste Zusammenbrechung der Menschheit in immer schmalere Formen zwischen diesen ineinander arbeitenden Tatzen wie zwischen zweien, einander immer verkleinernd wiederholenden Spiegeln fort – und was dann von Jünglingen, die sich schon in der verjüngten Größe des kindischen Greisenalters bücken, zu hoffen oder vielmehr zu fürchten sei, das mög er nicht erleben. Aber noch feuriger und rührend-gerührt wand er sich zu den Kinderfeinden, die jetzt in ganzen Rotten die Erde besetzen, die als Widerspiel Abrahams ihren Isaak schlachten, um einen wollenreichen Widder zu retten und dann sah er weinend den tausend vaterlosen Waisen, lebender Väter, entgegen, diesen Zangen-, Achsel- und Kniegeburten des Lebens, als eignen Symbolen ihres künftigen Blutens, Tragens und Kniens, welche in ihrer besten und längsten Schlafzeit in einer von Stroh und Kissen ausgeleerten harten Wiege des Lebens frieren und zappeln – er konnte dann nicht mehr fortreden.

Leser wissen über die Quellen solcher Reden Bescheid, aber Josephine traute, wie alle Weiber, dem männlichen Sprechen zu sehr – mehr als dem männlichen Handeln –

weil bei ihnen das Gebläse der Phantasie dicht an ihrem Herzen liegt und pfeift und also einer, der jenes zu regen und zu treten weiß, damit leicht dieses rot und glühend blasen kann. Ja, gutes Weib, dein Mann konnte kein Heuchler und doch ein Sünder sein, aber ein reuiger, der büßen und bessern will. Und hängen nicht überhaupt zwar vom Kopfe des Menschen die längsten Engelsflügel nieder, aber auch von seinen Fersen verdammt dicke Fußblocke, so daß er wie eine Kokette dem Fischernetz auf ein Haar gleicht, das oben Korkkugeln schwimmend erhalten, indes Bleistücke es dem Schlamm anheften?

Nur eine Sache quälte die feste Josephine zuweilen, nämlich die Frage, was ihn quäle; denn er kam selten aus dem Traupelschen Hause zurück, ohne in seinen Gesichtszügen einen ganzen Wolkenzug mitzubringen, welcher in einer weniger glücklichen Ehe sich in den weiblichen festgesetzt hätte, als sanfte Lämmerwolken. Bedenklich wars, daß dieser Heerrauch des Unmuts in ihm anhielt, so lange Ninette im Karlsbade war; auch fiel es Josephinen später ein, daß er einmal plötzlich zu weinen angefangen, als sie abends um 11 Uhr vor Traupels Hause mit einander vorbeigingen und der Nachtwächter davor eine im Baß gesetzte Gratulanz absang, womit er nach Krähwinklischer Sitte die eben geborene Tochter des Bergmanns unter der Jubelpforte des Lebens salutieren wollen. Da das gute Weib keiner Lüge, nicht einmal einer Zurückhaltung fähig war, so hatte sie ihn sanft und oft über seinen Gram gefragt; seine Antwort war immer gewesen, ihn betrübe die kokette peinliche Erziehung so sehr, welche Ninetta ihrer Tochter Cara gebe. Josephine glaubt' es aus Pflicht und aus Vertrauen gegen ihn, besonders da sie bemerkte, daß eben jene mitgebrachten Wolken sich allzeit in warme fruchtbare Ergießungen für sie selber und ihr Kind auflöseten.

Die lesende Welt ist nun ganz berechtigt, von mir über das heimliche Klagelied der jetzigen Männer, das der Konsistorialrat als Chorist mit sang, das Nähere zu erfahren und zwar bald. – Dazu wird die nächste oder zweite Ruhestunde ausgesetzt; wo ich wieder den Leser manipulierend in den magnetischen Schlaf hineinzustreichen hoffe, der ihn so sehr in Rapport mit dem schreibenden Magnetiseur versetzt.

Zweite Ruhestunde:
Mondscheinblatt · Riquille · Kosmetische Hungerkur · Vatermartern

Es war mitten im März des Jahres, in dessen ersten April ich den Leser schon weiter oben habe gehen lassen, daß Perefixe in der Flachsenfinger Redoute mit einer langen, gewandten, frohen weiblichen Maske tanzte. Im ausruhenden Gespräch machte er nach seiner jugendlichen vertrauenden Offenheit sie früher mit sich bekannt, als sich mit ihr; sie gab sich als eine nach Wien reisende Sängerin an, Namens Riquille. Zum Glück – einen Tag später sagt oft der Mensch: zum Unglück – logierten beide in einem Gasthofe, und stiegen vor einer Haustüre aus. Riquille konnte nur französisch und italienisch, er war der Mittler zwischen ihr und der deutschen Wirtsdienerschaft. Es kann weniger durch die Abreise, die schon morgen einfiel, als durch die Unmöglichkeit, irgendein Mondlicht, besonders ein gemaltes bei Taglicht zu beschauen, entschuldigt werden, daß sie noch heute nachts den Konsistorialis ersuchte, einige italienische Transparents oder Mondscheinstücke, dergleichen ich mehrere sehr elende gesehen, in Augenschein zu nehmen. Diese Bilder für bloße Augsburgische Thesesbilder und Buchdruckerstöcke ihres Themas anzusehen, das war er so gut imstande, als einer, der auf keiner Maskerade, geschweige an deren Schenktischen gewesen; allein – da Riquille so keck und philosophisch dachte, sich gegen alle Jagdverbote der Liebe metaphysisch erklärte und sagte, sie würde jedes aufheben, hätte sie sonst Temperament – so wollt er sehen, ob sie denn der – Teufel plage. Es gibt Foliobände, welche ausführen, daß dabei nicht viel Segen sei. Das Zimmer wurde, wie eine Glocke luftleer, so lichtleer gemacht, und die einfältige Röthelzeichnung des purpurnen Mondscheins – denn von der magischen Silberhochzeit der Nacht ist auf diesen Schwefelabdrükken des Abendrotes wenig nachzuweisen – eingesetzt und angeleuchtet. Die vertrauliche Dämmerung, dem Mond- oder Nordschein gegenüber, lockte allmählich ein oder ein paar Dutzend Teufel näher, Dämmerungsvögel, welche dann am liebsten nach Futter ausfliegen. Es fiel ihm vielerlei zu sagen und zu bedenken ein, z. B. daß es heute Frühlings Anfang sei, welches er sinnreich auf diese Stunde applizierte – daß diese Ballenbilder an Raphaels schön ausgemaltes Schlafgemach erinnerten – und daß Riquille bloß eine Sängerin sei, die er nie am Tage mehr sehe, geschweige bei diesem italienischen Nordschein. – Manche Menschen sind die Sklaven der Minute, obwohl die Herren des Tages, Leidenschaft in ihrem Herzen ist Feuer in einem Schiff. Mit einem Wort: wie der Priester nach der Tonsur zu den 7 kleinen Ämtern, deren Treppe erst zur Priesterwürde führen, sich in wenig Stunden, als vom Türhüter zum Lektor, von da zum Exorzisten, dann zum Akoluten, dann zum Subdiakonus, zum Diakonus und endlich zum Presbyter hinaufschwingt: – so ließ die Sängerin, in Verbindung mit den Dämmerungsvögeln, den Konsistorialis das Avancement, das durch die 7 ordines minores eines Liebhabers heraufgeht, nämlich die Ämter eines seufzenden, eines anblickenden, eines händedrückenden usw., so schnell hintereinander wegmachen, daß er in ebenso kurzer Zeit ihr Priester wurde, als ein anderer ein katholischer.

Der arme Teufel! In Krähwinkel sann er sehr darüber nach. Er wurde sogleich aus dem ersten Schlafe seiner Selbstvergessenheit herausgeholt durch ein sanftes Fäustchen. Riquille nannte, als dieser Weltpriester mit dem Beichtsiegel vor ihr stand, ihren Namen – – Ninette und vertierte die Reise nach Wien in eine nach Krähwinkel. Aber auch der Erschrockne setzte sich in einen Schreckensmann um; er zog von seiner Verlobung mit Josephinen den Vorhang weg und Ninettens Priester blieb ein – unbeeidigter.

Was gleich darauf und später für Stürme säuselten und was für dissertatiunculae gegenseitig gedruckt wurden, mögen habilere Stadtgeschichtsschreiber ausführen; ich habe am Faktum genug, daß der Teufel in der kurzen Sieste, wo der Konsistorialis sein Gewissen verschlief, sich Gelegenheit ausersehen, für dessen ganzes Leben den Kern eines breiten Giftbaums in die Erde zu bringen. Sein reuiges Herz, obwohl ewig dem edlen seiner Josephine ergeben, wurde an das verderbliche durch ein heiliges Band geheftet – durch Cara. Er hatte die feinen geistigen und physiognomischen Ähnlichkeiten nicht erst nachzuzählen gebraucht, die das arme Wesen dem Adoptivvater absprachen; denn als er vor dem gratulierenden Nachtwächter vorbeiging, hatte er schon Vatertränen vergossen; aber bloß bittere.

Wir erinnern uns alle noch, daß Ninetta, selber aus einem April kommend, nachher den Geschwornen dahin verschickte, daß dieser das Glück hatte, daraus die Kalender-Insignie des Monats, eine schöne Blume mit einer génie fleuronnée* mitzubringen, nämlich seine Ninetta. Sie nannte ihn daher am liebsten Närrchen und ließ den April weg, der doch nur ein Zwölftel des Jahres bezeichnet; auch andere Weiber sagen gern: Närrchen! – Ich komme nun aus der Vergangenheit der Geschichte zur Gegenwart derselben zurück:

Perefixe hatte in seiner Ehe nur einen Sohn erzeugt und Traupel hatte in seiner auch nichts erzielt, als diese Cara. Desto feuriger hing nun jener Vater am holden Kinderpaar; ja der lebendige Zaun, der mit seinen Dornen zwischen ihm und dem Tochterherzen dick aufwuchs, machte nur, daß sein eignes desto väterlicher in dieser Nähe und dieser Trennung dem abgerissenen entgegenklopfte. Dadurch griff nun Ninette in das Heft und die Handhabe seines Lebens und Herzens und hielt ihn an seinem Fehler fest – aus Rache und aus Eitelkeit. Sie konnte ihn quälen und beherrschen durch jeden Pfeil, den sie gegen die Brust seiner Tochter auf den Bogen

* Génies fleuronnées sind in der Kunst geflügelte Kinder, die aus Laub oder einer Blume mit halbem Leibe wachsen.

legte. Kurz er mußte – um nur die Tochter zu sehen – die erbärmliche Rolle machen, daß er hinter der Triumph-Volante, wovor immer neuer Vorspann trabte, stand und sich stoßen ließ, mit der Hand im Lakaienriemen.

Er mußte zusehen, wie die kokette Weidmännin, der die sanfte Cara zu still, zu bescheiden, zu gutmütig und offenherzig war, alle diese offenen Blumen verdrehen, eindrücken und abschneiden wollte, um eine jüngere Ninetta daraus zu ziehen. Er mußte zusehen, wie sie sogar den Körper in der Poliermühle zerquetschen wollte, damit die Tochter die Mutter würde. Da das stille Meer von Carens Blut, das immer seinen sanften Himmel abspiegelte, Ninetten zuviel Fett abzusetzen schien: so schickte sie in das Meer von Zeit zu Zeit die nötigsten Stürme. Wie Sparter untersagen solche Mütter das weibliche Fett – wie das Fannische Gesetz das Mästen der Hühner* – weil der Krieg dabei leidet. Deswegen stellte sie bei ihrer Töchterschule den besten Koch – den Hunger – als Figuristen und bildenden Künstler an, um das ruhige gesunde Wesen zur Charis einzukochen, wie Gewächse durch Nahrungsmangel sich in bunte Farben aufblättern. Was guter Essig und langes Wachen tun konnte, wurde angewandt, um den Golddraht der schönen Taille auf dieser Ziehbank imnmer feiner zu ziehen. Armes, weiches Geschöpf! woran die Axt statt der Baumschere formt und dem man die Wurzeln statt der Zweige ausschneidet! Komisch und rührend zugleich fiel die zurückgebrochne manirierte Stellung des Mädchens gegen die kindliche Unbefangenheit ab, die aus den weiten hellen Augen

* Plin. H.N.X. 1.

lachte, und der gebietende Anstand gegen das demütige Herz voll Anhänglichkeit.

Hatte nun nicht mein Titel Recht, eine Marter, wie Perefixe in diesem Erziehungsinstitut aushielt, ein Klaglied zu nennen? Und war alles nicht desto bitterer, da er das Lied nur heimlich in den Bart hinein singen durfte.

Dritte Ruhestunde:
Betrachtungen über das Klagelied · Fernere Strophen desselben · Das edle Bergwesen · Wolfgang · Cara

Ein paar Oktavseiten und was darauf steht werden nicht verloren sein, wenn man sie bloß zum Schildern und Bedauern der jetzigen Männer verbraucht, welche ich in ganzen Singschulen beisammen stehen sehe und mit den ausgeteilten Singstimmen in der Hand das Klaglied intonieren höre. Selten kann ich über den Markt weggehen, ohne auf ein oder ein Paar männliche Gesichter zu stoßen, auf denen herbe Sorgen über ihre Kinder der ersten, zehnten, zwanzigsten Ehe stehen, ob es gleich denen von der letzten Ehe, worin sie wirklich leben, ganz gut ergehen möge. Die Venus am Himmel zieht nicht nur die Erdkugel aus ihrer Bahn, sondern auch die Insassen derselben noch mehr, und ich habe über die letztern Weltkörper genauere Perturbazions- und Nutationstafeln im Beschluß, als viele andere. Männer, die weit herumgereiset, denk ich mir hierin als die größten Dulder, weil sie in jeder Residenzstadt von den georgiques françaises ihrer Schäferstunden – wie Delille von seinem Buch – 12 Ausgaben veranstaltet haben, so daß – wenn Linnée in seinen alten Jahren alles, sogar den Namen seines Schwiegervaters vergaß, und man sich darüber in Europa wunderte – man sich gar nicht zu wundern hat, wenn diese Pilgrimme in ihren besten die Schwiegerväter nicht behalten können; weil es die Menge macht. Das heimliche Abhärmen eines solchen Heerführers seiner in ganz Europa postierten enfants perdus ist offenbar genug.

Was den Adel anlangt, so ist's, hoffe ich, anerkannt, welche Schritte der größere Teil desselben tut, sich mit dem tiers état zu vereinigen, auch dadurch; – und der état seinerseits will auch nicht nachbleiben – und auf diese Weise mag sich Gleichheit wie sonst in Norden das Christentum fortpflanzen, nämlich durch Weiber. Es kann sein, daß man aus diesem Grunde in Spanien alle Findelkinder für adelig erklärt. Aber man setze sich einmal in die Seele eines sechzehnschildigen landtagfähigen Edelmanns, der auf der Hausflur vor seinem Stammbaum stehen bleiben und denken muß: »meine besten rüstigsten Junker und Fräulein hab ich in Bauernhäuser, Fuggereien, Kaufhäuser verteilt – sie wachsen in der schlechtesten Gesellschaft auf, die nicht turnierfähig ist und werden selber nichts bessers – zu den Legitimationen der Würmer fehlt Geld – nur gerade was in meinem Schlosse mit meinem adeligen Geblüte und Wappen herumläuft, sind ein paar dünne weiße Schatten: ist das nicht nagend?« – Gratulieren sollte sich noch der Edelmann, daß er doch die weißen Schatten hat und aus allen Völkern gerade diese Kinder Israels zu seinen erwählten machen können. Bei Männern, die zur Ehe nur wie Mädchen zur Tabakpfeife greifen, nämlich in der Zeit der Not, sind Schatten ein wahres unerwartetes Geschenk; denn gewöhnlich lässet die künstliche Ehe, wie künstliche Blattern, wenig Spuren zurück. Diese ganze büßende Brüderschaft wird sich mehr erholen, wenn man mit Hilfe der neuen Romane noch weiter in der Sache geht, so daß Kinder nicht sowohl, wie in Sparta, von gemeiner Stadt erzogen werden, als vollends erzeugt, Landskinder im schönsten Sinn. Immner nötiger wird es daher, daß schon jetzt die Konsistorien von allen verbotenen Verwandtschaftsgraden auf einmal dispensierten, weil bei dem allgemeinen Föderalismus und der galvanischen Kette der Liebe, die um das seidene Band der Ehe herumläuft, kein junger Mensch mehr gewiß sein kann – wenn er eine verwandte Seele heiratet –, ob er nicht seine Schwester trifft.

Das ist nun das heimliche Klagelied der jetzigen leidtragenden Männer, wovon ich im Titel sprach und welches das einzige ist, in welches sie gutmütig die Weiber nicht einzufallen zwingen; denn diesen verbleiben glücklicherweise immer die Kinder, wenigstens die natürlichen. – Auch das mißmutige mürrische Gesicht vornehmer und reicher Jünglinge leit ich leicht von diesem innern Passionsliede ab; die armen jungen Narren werden schon von tausend stillen Vatersorgen verfolgt und angepackt. – –

Wieder zur Geschichte! – Perefixens Leben lief über lauter Stacheln und spanische Reiter weg. War er mit Ninetten allein: so übergoß er sie nach seiner Lebhaftigkeit mit pädagogischen Bitten, die nichts fruchteten, weil sie auf viel wärmere rechnete. Einmal an einem Sonnabend überraschte der Geschworne beide an einem heftigen Zank, der für ihn arabisch war, nämlich französisch. Perefixe hatte feuchte Augen. »Wir streiten über die Erziehung meiner Cara – sagte frech Ninetta – der Herr Konsistorialrat interessiert sich schon für das hübsche Ding.« Traupel übersah Perefixens wetterleuchtenden Blick und sagte verschmitzt: o charmant, charmant! Bei solchen Rätseln passete er bloß auf den Abend nach dem Essen und auf ganz spaßhafte Aufschlüsse, die ihm die Frau über den närrischen Konsistorialis übermachen werde. Daher bestrich er ihn häufig mit jenen listigen muntern Epopten-Blicken, die sagen wollten: »teuerster Rat, um Gottes willen nur nicht groß getan mit seinem Verstand und Dem und Jenem – man führt Ihn, so wahr Gott – – Verdammt! darf man denn reden?« –

Gleichwohl mußte Perefixe bei diesem Segment eines Kopfes geduldig ausharren. Ja er gewann ihn lieb zuletzt aus Mitleid, weil die Frau die schlechten Augen berückte und verhöhnte, die der Bergmann außerhalb seines Maulwurfhaufens der Bergwissenschaft für fremde Gänge hatte: Perefixens Herz vergitterte keine harten Brustknochen, und er konnte auf der Gasse vor keinem gepeitschten Kinde vorübergehen, ohne hinzuspringen im Priesterornat. Darum nahm er sich des betörten Bergmanns an und drückte diesen nicht in seinem heimlichen Aufblasen. Er trat gern näher hin zu dem Geschwornen (und zur Langweile) – indes Ninetta fortlief –, wenn dieser anfing mit Wenigem das Hüttenwesen und die Zechen zu berühren – der Phantasie des Zuhörers den Berghabit anzulegen – als ihr Steiger mit ihr ins Elysium der Unterwelt einzufahren, nachdem er sich vorher kaum im Vorbeigehen nach dem Hundejungen und dem Schwenzel umgesehen – und mit ihr drunten in den Gängen und hinter den Wasserwerken herum zu kriechen.

Perefixens Aufmerksamkeit setzte dann den Geschwornen auf den Thron. Er fuhr mit der Phantasie wieder zu Tage und ging (und Perefixe mit) in seine Schreibstube, um das Wunder- und Meisterwerk seines Daseins, wonach er allein gewogen sein wollte, ein wenig zu zergliedern, nämlich ein tragbares Zwergbergwerk, worin er das ganze Bergwesen mit allen Flözen und Knappen nachgeboßelt hatte bis zum kleinsten Fäustel und woran er nichts ausgelassen, als die Berggeister. Wenn nun der Vulkanist seine Zangengeburt in allen ihren Gelenken auf einmal überschauete und die 1000 Schöpfungstage summierte – und wenn er noch dazu etwa in dem Krönungsanzug des Berghabits, worin er einmal seinen gnädigsten Herrn mit der Knappschaft einholte, dastand, die Stirn unter Blech, den H. unter Leder: so tat er freilich nichts anders, als was von der schwindelnden Menschentextur auf solchen Höhen zu erwarten ist, wenn er den Konsistorialrat zuerst kaltblütig fragte, ob er seines Orts auch glaube, daß bei dem Bergbau ein anschlägiger Kopf nicht ganz übel angebracht sei, und wenn er dann, sobald Ja gesagt war, mit vollen Segeln herausfuhr: »nun so lassen sie sichs von einem, der's inne hat, gesagt sein, daß alle eure Wissenschaft nur Fixfaxerei ist gegen wahres Bergwesen, denn wahrlich ein Bergmann steht in seiner Grube über euch alle und braucht niemand anzusehen.«

Perefixens Kummer nahm mit den Jahren seiner Tochter; mit der Liebe zu ihr und mit Ninettens Einfluß auf sie zu. Oft, wenn er sah, wie die Mutter ein Vulkan war, welchen die Kleine wieder vertrauend bestieg, sobald er ausgedonnert hatte, und wie sie noch mehr – als der Mutter – dem trocknen, selten erscheinenden Traupel das ganze Herz zukehrte: so seufzete er über die schöne Liebe, die sich an den scheinbaren Vater verirrte, und über den wahren, der sie entbehrte; ja mitten durch die Freude über die eiserne Gradheit seines Sohnes -- das Gebilde der mütterlichen Erziehung; denn er pflegte, wie die meisten Väter, die Kinder mehr zu genießen als zu erziehen – fuhr der stechende Gedanke an das Verderben der Tochter.

Geheimnisse in der Ehe sind gefährlich und nichtig, ihre Scheide bedeckt immer einen Dolch, den die Zeit endlich zieht. Josephine wurde zuletzt unruhig und beklommen, wenn sie den daliegenden Sphinx ansah. Seine Trauer über die Badreisen, in welche Ninetta immer die Kleine zu den Brunnenbelustigungen, d.h. zu den Brunnenvergiftungen, mitschleppte, nahm bei Josephinen die Nebenbedeutung eines Schmerzes über Ninettens Entfernung und über die Gewißheit an, daß ein Badort eine Redoute voll Gleichheit und Freiheit sei. – Noch irriger wurde sie, als sie vollends auf die Geschworne näher und ruhig, wie ein Stern, die geraden scharfen Strahlen fallen lassen und an ihr eine prangende Tulpenglocke gefunden hatte, deren beißende Tulpenzwiebel in der Erde schwillt. Josephinens Härte und Schärfe gegen den Fehler – so groß wie ihr Vertrauen auf den Wert – wurde eheweiblich aufgeregt durch Ninettens satirisches Betragen gegen das Beten und Wissen des ehrlichen Traupels, der seinen Geist wie seinen Magen gern mit einer Berghenne* ernährte und es dem Konsistorialis dankte, daß

* Die schlechteste Bergmannskost.

er seiner Frau feine goutées vorsetzte. Und was mußte Josephine erst über die verschiedenen Gestalten denken, in welche sich jene vor Perefixen brach, indes sie selber in einer blieb, wie unreines Wasser in mehreren Figuren gefriert als reines? – War er, wenn er allein da war, nicht ein hüpfendes Eichhörnchen neben der Klapperschlange – ein Schneusvogel, der sich in einem Haare fängt, wenn es in einem Ringe schöne Worte bildet, und vollends in einer Locke? –

Sie nahm sich vor, ihm einen sonderbaren Vorschlag zu tun; und die Zeit, worin sie es wollte, schien erlesen dazu.

Er und sie hatten nämlich ihren Sohn mit gleichem Willen zum Soldaten bestimmt. Ihr Wolfgang war einseitig, störrisch, ehern ohne Phantasie, aber voll Mark und Mut, voll Treue und Liebe. Er war stets wieder vom Musenberg herabgerutscht, so hoch man ihn auch hinaufgezogen hatte, bis man endlich einen festen Sandboden – und einen Archimedes dazu – für ihn ausmittelte, worein er seine Figuren und Zahlen treten und schreiben konnte; – es konnte ein guter Mathematiker und Krieger aus ihm werden. – In der Woche, wo Josephine den Vorschlag tun wollte, sollt er in die Welt hinausgeschickt werden, in eine Kriegsschule eigentlich und uneigentlich. Die Eltern waren gerührt, der Vater noch mehr als die Mutter, weil seine größere Phantasie sein zweites Herz wurde; – die Wüste der kinderlosen Einsamkeit dehnte sich vor ihnen aus.

An einem Abende, als Wolfgang, dem schon alles eingepackt war, ausgenommen sein letztes Arbeitszeug, die Flöte, im obern Zimmer diese blies, sahen sich die Eltern mit Augen voll wechselseitiger Schmerzen an. »Ach, eine Tochter, sagte Josephine nach dem Abtrocknen der ihrigen, als antwortete sie dem Manne, verließe uns nicht so früh.« Er sah sie erschrocken an, aber in ihren Augen war Liebe und Mutterschmerz und nichts weiter. »Höre einen Vorschlag an, du Lieber! Ich kenne eine, die ich und du so lieben, als wäre sie unser Kind. Nimm sie ins Haus. Rate wer?« – Er sah ihr starr ins Angesicht – ob dieser Vorschlag vielleicht ein Luftreinigkeitsmesser seiner Treue sei – aber dieses trug, da sie durch die Adoption des Kindes einer Nebenbuhlerin etwas Verdienstliches zu tun glaubte, bloß den Glanz der offnen begeisterten Unschuld. Er riet leise: »Wer? – Cara?« »Aber ohne die Mutter!« sagte sie scherzhaft. – »Josephine (antwortete er, indem sein Angesicht flammte und sein Herz weinte) glaubst du an mich, so wie ich an dich glaube? – »Nein, sagte sie leicht – o ja, ja! ewig«, und fiel in seine Arme, und als sie seine Tränen fühlte, setzte sie leise und ernst dazu: »ewig! o sonst stürb ich ja!«

Er eilte zufolge seiner Flughitze noch diesen Abend zu Ninetten. Seine Beredsamkeit und Rührung gewann vor ihr die Gestalt des Anteils an ihr – die Vaterliebe zur Tochter gefiel ihr als eine Nachbarin der Liebe zur Mutter – sie hielt alles bloß für seinen Wunsch, nicht für Josephinens – an der unverwelkenden Blumenkette der väterlichen Liebe konnte sie ihn noch immer ziehen und lenken, ja jene wurde jetzt eine festere Fruchtschnur – kurz sie küßte ihn und ließ ihm Cara.

Ich will es beiläufig mit herwerfen, daß das größere Alter Carens und die gleiche Länge, so wie ihre Aufmerksamkeit auf manchen Herrenbesuch ihr es leicht machte, das Kind um einige Gassen weiter zu wissen; Mütter, die keine sind, büßen durch Töchter ein; der alte Wein im Fasse trübt sich, wenn der junge aufblüht. – Ihren Mann, der Cara sechs Tage lang entbehren konnte, weil er nur am siebenten kam, versöhnte sie am leichtesten mit der Auswanderung in ein geistliches frommes Haus, »du weißt, sagte sie, daß ich eben nicht die Frömmste bin; – und wer kann wissen, wie es mit Wolfgang geht«; sie war eine Philosophin, Perefixe ein Kapitalist.

Lasset uns die Augen auf schönere Seelen richten und auf den überirdischen Tag, wo morgens die geliebte Tochter einzog; indes abends der treue Sohn fortwanderte. Zuweilen malt das Geschick die nackte Leinwand der Wirklichkeit so gut, als Dekorateur, daß diese in der Tat ins poetische Spiel des Herzens eingreift, und streicht die Hanfseile, an denen die Götter zu uns niedersinken, mit der Farbe der Unsichtbarkeit an. Ein solcher dekorierter übermalter Tag war der; wo die zwanglose, zärtliche, biegsame Cara aus der schwülen kosmetischen Folterkammer in die luftige Laube dieses Hauses hüpfte und mit herzlichen Augen den Kreis liebender Seelen umlief, und wo Perefixe alle Herzen auf einmal erbte und Josephine sich ihres edeln Werkes erfreuete.

Was Wolfgangen anlangt, so trug er sich den ganzen Tag – um nicht unsoldatisch gerührt zu werden – gute Flötenstücke vor; und nur als er abends ausgeflötet hatte, fuhren acht Tropfen in seine blauen Augen. Cara rechnete sich sehr mit zur Familie und nahm daher als er sich nachts auf die Post setzte, so gut ihren gerührten Anteil mit daran, als jeder andere.

Vierte Ruhestunde:
Der Lederarm · Air à trois notes · Enthüllungen aller Art · Verhüllung

Nun gingen die Jahre einen sanftern Gang. Dem Sohne wuchsen immner längere Adlerfedern, und Cara, die weiße Taube, blühte zum Schwane auf. Perefixe gewöhnte sich immer fester an die nahe Tochter an und sein Herz zerschmolz in Vaterwärme, wenn er in den Mondschein ihrer lichten, aber ruhigen Seele blickte. Sie wurde jetzt vom Geschwornen, und sogar von Ninetten mehr geliebt. Ja, da nun nicht mehr die Vipern des pädagogischen Zanks um diese und Perefixen herumkrochen und beide mit ruhigeren Händen neben einander auf ihrer freundschaftlichen Moosbank saßen: so gaben sie sie einander zuweilen. So sehr waren oft nur unsere Verhältnisse hart, indes unsere Herzen es geschienen.

Allein das Kriegsheer des Unglücks rückte doch im Nebel der Zeit ungesehen gegen den armen Vater fort. Josephine wurde immer dichter von der Schlange des alten Rätsels umwickelt; der Mann besuchte nicht nur die Geschworne jetzt fast öfter wie sonst (er mußte), sondern er blickte auch oft die liebe Cara mit wärmern Augen an, als ein Konsistorialis führen soll. Einmal ertappte sie ihn in einemn Kusse; das war ihr am galanten Mann nicht fremd, aber sein Erröten dabei. Ach es kam eben von jetziger Unschuld und früherer Schuld. Nur einmal ging der flüchtige Gedanke an die wahre Auflösung des ganzen Rätsels vor Josephinen wie ein kalter Gespensterschatten vorbei; aber sie erschrak, nahm ihre schöne Seele zusammen und stieß den zurückkriechenden, mit

Krebsscheren umhergreifenden Argwohn weit von sich. Um sich davon zu entsündigen und das von ihm bekrochene Herz zu reinigen, ließ sie die Hälfte von ihrer räsonnierenden Strenge gegen den für sich und andere zu nachsichtigen Gatten nach und säete um ihn einen neuen Blütenflor der Liebe aus; aber die gute Seele merkte nicht, daß sie zu derselben Zeit auch wärmer für seine Cara wurde, gleichsam als sei diese das, was sie – war. –

Wolfgang hatte sich unterdessen ins Ingenieur-Korps hineingearbeitet mit seinem trigonometrischen Kopf und errang sogar die Ehre – glücklicherweise nahm der Fürst Anteil am französischen Kriege –, mit zu belagern. Josephine, deren Vater Major gewesen; zeigte weniger Besorgnisse, als ihr Mann, der zwar großen Mut für die Gegenwart, aber eben so große scheue Phantasien über die Zukunft hatte. Am schmerzlichsten pochte das junge kriegunerfahrne Herz der sympathetischen Cara, aus Liebe für die Pflegeeltern, denen sie alles nachtat und nachempfand; zitternd hörte sie seine Briefe lesen, an denen ihr nichts so gefiel als seine Handschrift, das Dokument seiner Existenz.

Auf einmal hörten die Briefe auf – zum Glück auch die Belagerung (nach der Zeitung) vor dem Posttag hatte die Hoffnung das Wort, sogleich nach ihm die Angst.

Ach nur diese hatte recht. Der im Kriege noch unbändiger gewordene Tollkopf wollte, da der Soldat im Frieden so langsam avanciert als ein Kardinal fährt, die von den Glückskugeln des Todes geebnete und rasierte Rennstraße des Avancements recht wild durchrennen, als ihm unterwegs eine von diesen Kugeln den rechten Arm wegbrach. »Eine wahre Fatalität!« sagt er und weiter nichts.

Er gab während seiner Heilung keine Nachricht von sich, damit die Eltern nicht über ihren Ausgang Grillen fingen. Als aber die Stätte des Armes wieder mit Fleisch zugeschlossen und ein neuer von Leder darauf restauriert war: macht er sich mit seiner ganzen fahrenden Habe, mit dem Reisekoffer auf nach Krähwinkel.

Der Konsistorialrat reisete eben im Lande umher und arbeitete an Investituren und Kommissionen. Josephine und Cara wohnten miteinander in einem Garten vor dem Tore. Es war ein schöner blauer Vormittag, als er ankam, sogar in der Stadt lärmten die Vögel, alle Wiesen lagen noch in hohen Blüten um den Garten, und dieser selber war fast undurchsichtig vor duftender und grünender Fülle. Wolfgang blieb mitten im Garten ein wenig stehen vor einer Sonnenuhr, um seine Taschenuhr danach zu stellen: als er hinter dem hochstaudigen Bohnenbeete seine Mutter hörte, die zu Cara sagte, sie sollte das Postskript an Wolfgang machen. »Nicht nötig!« rief er und trat herum. »O Gott! das ist er«, rief Josephine. »Leibhaftig!« sagt er und ging im abgemessenen Soldatenschritte auf sie zu und umarmte sie mit einem Arme, indes der künstliche vornehm zwischen die Westenknöpfe geschoben blieb. Die mitten in der Entzückung aufmerkende Mutter blickte mit fragendem Erschrecken auf den festen Arm und dann in sein vom Kriege gebräuntes Gesicht, auf dem eine von der Marmorsäge der Kurfolter gezogene steilrechte Falte mitten auf der jungen Stirn und die Mischung von männlicher Resignation und von kindlicher Rührung über den Gedanken, daß er seinen Eltern einen Krüppel mitbringe, unaussprechlich wehe tat, und dann sah sie wieder auf den Arm mit den leisen Worten: o Gott! Sohn? – »Ja, ja, der Teufel hat den alten geholt.« Da lehnte der übertäubende Schmerz die starke Mutter an ihn und Cara nahm seine Hand zwischen ihre beiden und bückte sich weinend mit den erstickten Worten darauf hin: ach Sie armer, guter Mensch! – Er riß seine heraus, fuhr über das feurige Auge und sagte! »Pah! – Wo ist der Vater?« – Und so hatten wieder drei Menschen eine bitterste Minute überstanden.

Allmählich zog sich der Nebel ihrer Seelen auseinander und der Himmel blickte wieder durch; nur für die gute Mutter war er als eine feste lange Wolke in ihr Blau gestiegen. Die Mütter legen einen größern Wert als die Väter auf gesunde und gerade Glieder ihrer Kinder, weil sie Teile ihres Wesens sind und die Denkmäler ihres Daseins.

Nach so vielen Kriegswettern und nach so vielem Schmerz aus dem schwülen Leben unter Fremden und Kranken war dem guten Soldaten dieser leise, sanfte Tag zwischen zwei pflegenden Herzen ein geistiger Balsam, der eine gelinde Wärme durch sein Wesen verbreitete, ohne daß er wußte woher. Das Herz der guten Cara war auch voll, sie dachte, es sei von Mitleid; – auch war viel davon mit darin, da ohnehin Weiber die Schmerzen der Männer inniger bedauern, als die eines Geschlechts, dessen Leben wie das Alter eine Krankheit ist –, aber Amor schneidet sehr oft aus der Binde um die Wunden eine um die Augen zu. Ich sehe ihn dasmal mit Vergnügen arbeiten; beiden unbefangenen treuherzigen Wesen, noch seligfern von jener ästhetischen Besonnenheit des eignen Werts, die dem andern jede Perle des Schmucks auf der

Perlenwage hinwiegt, hatte die Natur die Ringfinger für einander auf die Welt mitgegeben.

Wolfgang war in seinem eigenen Lager ein Trompeter mit verbundenen Augen und wußte nicht, ob er eine Eroberung mache oder eine sei. Unter dem Essen sprach er bloß von blutigen Eroberungen und sein Gespräch wurde ein Feuerwerk, das in die Luft die Gefechte zeichnete; aber er merkte nicht, daß er, indem vier zärtliche Augen aufmerksam und sorgetragend zu ihm aufgehoben waren, sich und andere an einem nähern als dem Kriegsfeuer erwärme. – Doch blieb er nicht bei den Weibern, er wollte schon heute wieder in die Axebewegung seiner täglichen Arbeit kommen und konnte kaum erwarten, bis gegen Abend sein Arbeitszimmer zugerüstet war.

Man trug seinen Koffer hinauf und die emsige Cara eilte nach, um seiner einzigen Hand mit ihren beiden im Auspacken beizustehen; die Unschuldige dachte, da die edle Mutter ihn so liebe, so dürfe sie ihres Orts ihr auch an solcher Liebe nicht nachbleiben. – Sie trat hinein zum stillen einarmigen Menschen, er kramte schon mühsam aus; Abendschein und Baumschatten spielten zauberisch um seine schöne Gestalt und Cara fühlte, wie sich ihr das Herz und eine Zukunft öffne. Sie litt sein einhändiges Auspacken nicht, sondern trug ihm alles zu – er hatte nur zu ordnen –, die großen Landkarten, die Festungs-Abrisse, seine mathematischen Bücher. Dann brachte sie drei schwarz gesiegelte Briefe, die an benachbarte Eltern gefallner Söhne waren: konnte sie da dem Gedanken entweichen, daß ein ähnlicher vierter an Josephinen schon angefangen war, nur aber nicht ausgeschrieben wurde, weil das Verhängnis sich die Libation der Armwunde statt des ganzen Opfers gefallen lassen? –

Sie reichte ihm einen sogenannten Kriegsschauplatz, er rollte ihn auseinander und zeigte ihr, was dieser häßliche Wundzettel der Menschheit eigentlich enthalte. Kriegskarte – wie leicht wird das Wort ausgesprochen, wie kalt sie verkauft und gekauft! Aber was bedeutet das Land darauf? Ein armes verfinstertes Stück Erde, das unter dem dicksten Hagel des Schicksals zittert. Was enthalten die Städte und Flüsse darauf? Jene die Verwundeten auf Wagen und diese die Leichen zwischen blutigen Ufern. Es gibt keinen Schmerz, der nicht auf diesem Schauplatz wohne und keine Sünde, die da nicht siege und alles ist fliehende Scheidung und nur in Gräbern sind, wie sich gescheiterte Schiffer aneinander binden, die Menschen gehäuft beisammen. – Wirf sie weg, diese schwarze Karte der Erdflecken, sanfte Cara, und mal es nicht nach, was dir dein Freund davon vormalt, um dich in dem Geburtsort seiner Wunde einheimisch zu machen! –

Endlich fand sie etwas schöneres, was er tief verpackt hatte, um es nicht mehr zu sehen, die Flöte; sie trug sie hin. »Sind Sie klug, liebwertes Kind? (sagt' er) mit meiner Pfeiferei ist's nun aus auf immer.« »Einige Noten doch noch!« sagte sie zärtlich – »so viele doch wenigstens!« setzte sie dazu und spreizte scherzend fünf Finger aus, wollte aber mit allem diesen bloß seine deutliche Verzweiflung über das von einer Kugel niedergerissene Luftschloß und Odeum mildern. »O noch eine mehr, wenn Sie da sind«, sagte er. »Wir brauchen nur die Hälfte«, versetzte sie – und lief davon – und kam wieder – und hatte Rousseaus air trois notes in den Händen.

Guter Rousseau! wie oft haben in diesem nicht harmonischen, sondern melodischen Dreiklang deine Träume im weichen Italien und die in deinem gleitenden Boote und alles Abendgeläute eines fernen unter dem Abendrote und stillenden Arkadiens zu mir herüber geklungen! O vor deinen drei Tönen wachen drei sehnsüchtige Seufzer auf in der dürftigen Brust und wir sehen uns um und die Vergangenheit und die Gegenwart und die Zukunft gingen vorüber. – Weicher Rousseau! du hattest ein Herz! –

Cara setzte sich mit der Arie: Comme le jour me dure, Passé loin de toi* in das Fenster und sagte, sie wollt' sie singen, wenn er sie blase. Sie saß ihm zur toten Rechten, die niedergehende Sonne glühte ihr seitwärts ins blühende Angesicht. Unter den mühsamen Tönen blickte sie in die abbrennende Tagesflamme hinaus; denn sie konnt' ihn nicht anschauen bei dem immer umkehrenden Gedanken: dieser dreisilbige Überrest ist alles, was ihm noch von seiner reichen Kunst geblieben; und die beschattete Wange färbte sich eben so rot als die angestrahlte. Am Ende des Gesangs wandte sie sich um, rührte spielend ein wenig an den gestorbnen Mietarm an und endlich sah er aus den gesenkten Augenlidern Tropfen fallen, die ihr gar nicht der Gesang, sondern das nähere Bild entriß, das sie sich von seiner zerissenen Gestalt nach dem Verluste des Armes entwarf. »Nu?« sagt' er gutmütig. Ihre weinenden Augen gingen zu ihm auf – –

* In der Gotterschen Übersetzung: Wie der Tag mir schleichet, ohne dich vollbracht.

Da zog der Gott der Liebe vorbei und drückte in ein weiches, junges Herz leicht im Fluge den Pfeil und sah sich nicht um nach der Wunde.

Ohne Zeremonie ergriff er ihre Hand, zog sie vom Sitze auf und ging mit ihr in der Stube auf und ab und sagte nichts. Er fühlte seine feste Natur auf einmal in Bewegung, dieses auf dem festen Lande aufgebaute Schiff war in ein spielendes wankendes Meer gerollt; aber das Wiegen war sanft. »Nur noch einmal das Lied, liebe Cara, aber deutsch!« sagt' er. Sie setzte sich willig wieder vor die Sonne, die, selber eine Sonnenblume, sich gelbrot ausdehnte und die Krone gegen die Erde senkte. Jetzt umflogen die Töne berauschend wie Düfte beide und jede Zeile war eine schlagende Nachtigall, welche das ausspricht, was ein seliges Herz zuhält.

Aber als sie keine Sonne mehr zu sehen hatte und jetzt die Worte sang:

– Hab ich dich verloren.
Bleib ich weinend stehn,
Glaub in Schmerz versunken
Langsam zu vergehn –

sprang sie auf und sagte, die Mutter rufe sie. Er hielt sie – sie hob das Auge blöde auf und schlug es blöder nieder und er schlang den linken Arm um sie und preßte sie an die lebendige Brust. – Unsäglich-schmerzhaft war ihr das neue Gefühl einer einarmigen Umfassung und in der Bestürzung des Mitleidens umfaßte sie ihn mit beiden Armen, wich aber erschrocken zurück und sagte, sie habe ihm weh getan – – »Oh, sagt' er heftig, und warf den toten weg, der kann fort!« – Und als sie im neuen Schauder über den hilflosen zertrümmerten Jüngling sich an ihn klammerte: da fand seine Lippe und sein Auge die ihrigen und der Blütenstrauß der Wonne umzog sie süß verfinsternd wie der Abend und das Leben trug alle seine vielfarbigen Juwelen schnell vor ihnen vorüber – – Und doch wußten sie kaum, ob sie sich liebten und wie unendlich – – – O die Unschuldigen und Glücklichen! – Und die Unglücklichen! – Denn auf dem Berge liegt schon das Gewitter, das in euer Tempe herabschlägt; es stieg an dem Tage auf, wo euer Vater sündigte und bald bricht es los über der unschuldigen Liebe. – Aber sie haben doch noch zwei Sommertage vor sich, die im vollen Sonnenscheine stehen, die Lebensluft geht noch frisch von Morgen und das ganze Leben blüht wie ein Maitag. Vor Josephinens scharfen Augen blieb die Flötenstunde à trois notes nicht lange verdeckt, worin beide die erste und vielleicht die letzte Sphärenmusik ihres Lebens gehöret hatten. Cara nahm zwar aus Furcht vor der strengen Mutter den Angelika's Ring auf die Zunge, um sich unsichtbar zu machen; aber der offne Wolfgang spiegelte ihr jede Bewegung der Seele ab, die sich ihm enthüllet hatte.

Josephine erschrak, versteckte aber sorgfältig ihr Bemerken und Erschrecken, und ging unter dieser hängenden Lawine nur mit leisen Schritten vorbei, um sie nicht durch Geräusch zu bewegen; und hob ihrem Gatten eine reine Entscheidung auf. Den Sohn, für den jetzt Cara eine ganze mathematische Bibliothek war, woraus er die höhere Meßkunst schöpfte, sandte sie als einen Gast und als den besten Boten auf einen Tag (»dein Vater kommt ohnehin erst morgen«, sagte sie) nach »Gottes Hilfe« zu Traupel, einer ziemlich ergiebigen Bleigrube.

Der Bergmann drückte ihn an seinem ehrlichen Herzen recht heiß. Der junge Mensch gefiel ihm, weil er nicht alles »so spitz nahm« wie sein Vater, bei dem er nie ganz in seinem feuchten Elemente war, sondern wenigstens mit dem Rücken aus dem seichten Wasser in den Sonnenstich hinausstand. Perefixe war ihm ein ärgerliches Kästchen, woran er kein Schloß und keinen Deckel zum Aufmachen sah, sobald er's zugeklappt. An dem Ingenieur war ein Kirchenschloß samt Drücker und Türgriff angebracht. Er hielt den untergesteckten Kebsarm eine Stunde lang für gute Lebensart – so wie er seinen Schimmel fünf Jahre ritt, ohne hinter dessen schwarzen Star zu kommen – bis er bei Gelegenheit der Markscheidekunst, die Wolfgang gut verstand, den einarmigen zum Einfahren invitierte und nun erfuhr, der Rechte gehöre nur unter dessen Nippes. Nie fuhr wohl ein schon hoch stehender Wärmemesser so schnell hinan – auf 212 Fahrenheit, 80° Reaumur, 20° de l'Isle stieg der Traupelsche – »Glück über Glück, rief er, daß Sie Mittel haben – Sie können leben – Posito, gesetzt Sie werden unser Landmesser, so will der dumme Sturzel gar nichts sagen.«

Die Geistes-Zwillinge wurden so vertraut, daß Wolfgang diesen Abend dableiben mußte zu einem »Löffel Suppe und einem vernünftigen Worte«, unter welchem er ein Bataillenstück meinte. Je gewöhnlicher die Menschen sind, desto mehr suchen sie diese Malerei. Das Kriegstheater ist für sie das hohe griechische Theater und ein Generalissimus ein Shakespear. Im Feuer des Redens und Trinkens wurde dem Ingenieur die Liebeserklärung gegenwärtiger als die Kriegserklärung und seine Sonne rückte allmählich aus dem Zeichen des Löwens in das der Jungfrau. Er warf viele Kränze mit leichter Hand über Cara, um »den Alten vorläufig zu sondieren«. Traupel, nicht weniger fein, dachte: warte, durchtriebner Schelm! und »sah ihn kommen«. So arbeiteten beide mit Lächeln in ihren Entzifferungskanzleien und konnten sich daraus sehen und begrüßen. Eine Hauptfinesse schien es Traupeln zu sein, wenn er seiner Frau, die in der Egerschen Badewanne saß, den Rang abliefe und bevor sie wieder ausstiege, das Mädchen ohne weiteres an einen rechtschaffnen bemittelten Jüngling brächte, und ihr so den Weg verbaute, ihm wohl gar einmal aus dem Bade einen verschmitzten vornehmen Sausewind zum Schwiegersohne zuzuführen. Und darum schieden am Morgen beide mit dem frohen Versprechen: »wir wollen noch dicke Freunde werden, so Gott will!«

Der arme Perefixe war schon den Abend vorher nach Hause gekommen. In der ersten Freude über den erretteten Sohn und im ersten Schmerze über den verstümmelten, dacht er an weiter nichts, als an die annahende Wiedererkennung. Cara erzählte seine Erzählungen. Die Mutter sagte, er bleibe bei ihnen, und setzte dazu: wir haben nun bunte Reihe. Jetzt fing die Lawine, die ein Haus des Friedens zu verschütten drohte, oben an, die ersten Schneeflocken zu regen; mit Schrecken sah der Vater die Möglichkeit vorbeifliegen, daß beide sich vielleicht liebgewinnen könnten. Er schwieg zu Josephinens Wort und wollte heute dabei bleiben. Aber seine Heftigkeit – die heute schon an ihren beiden Handhaben gefasset war, von Freud und Leid – erlaubte ihm nicht, aufzuschieben, besonders einen Plan. Er erfand sich daher einen Vorwand, mit Josephinen allein in Wolfgangs

Stube zu gehen. »Die jungen Leute, fing er an, können unmöglich so unter einem Dache beisammen bleiben; Cara muß wieder nach Hause.«

Josephine stutzte, sagte aber bloß, man müsse wenigstens auf Ninettens Rückkehr aus dem Bade warten. Gerade jetzt mußte Ninetta fehlen; und so arbeiten oft mehrere Menschen auf einmal, wie ägyptische Bildhauer an einem Gebilde des Schreckens, und sie wissen nicht, zu welcher schwarzen Gestalt jeder sein Glied aushaue. Er lief auf und ab und sagte: »das wird zu lange«. – Josephine sagte ernst: »wie kommst du mir vor? Unser Sohn denkt rechtschaffen und Cara auch. Wenn sie sich lieben, desto besser.« – Perefixe machte auf einmal einen weiblichen Ausweg: »desto schlimmer, sagt er; in meinem Vaterland* darf alles unter einem Dache schlafen, ausgenommen Liebende.« – »Aber ernstlich! sagte Josephine; sie lieben sich in der Tat!« – »Sind sie des Teufels? – Es geht nicht, soll nicht«, sagt er, durch diese Wendung aus seiner geworfen. – »Konrad!« sagte sie mehrmals, gleichsam vorwerfend und anfragend.

Er schüttelte und schwieg. Denn er stand vor seinem Gewissen und fragte, ob er den Sargdeckel des Schweigens von diesem verpestenden Geheimnis aufzuheben brauche; und es kam ihm vor, als ob ers weniger müßte, wäre Ninetta – tot. Jetzt hingegen bei ihrem Leben stand sie ja, wenn die Kinder sich liebten, mit dem Zündstrick an dem gefüllten Minengang, auf dem so viele Herzen wohnten. – Er glich dem Minierwurm, der auf seinem Blatte weiter höhlen muß und sich nicht wenden kann.

* In Frankreich erlaubt die vornehme Sitte es allen Personen von zweierlei Geschlecht, nur Verlobten nicht.

Aber nun blieb die unruhige Josephine nicht mehr sanft – ein fürchterliches Licht ging ihr auf, ein blutiger durch die Sterne brennender Komet durchschnitt ihren Himmel – sie wurde andringender – »sprich, warum«, sagte sie zürnend, »ich ahne, ich bebe, sprich.« – Ihm stürzten Tränen herab, er stand still bei der Flöte des Sohnes: »er kann die auch nicht mehr brauchen«, sagt er. – »Sprich, Mann – sagte sie mit erhabener Stimme, ungerührt von seinen Tränen – mein Herz zerspringt« – »Wohl, o Schicksal! (sagt er und bedeckte sein Gesicht mit beiden Händen und bückte sich) – Gleich, Josephine!« – Und endlich sagt er schluchzend die schrecklichen Worte: »ich bin der Vater von Cara«. –

»O Gott, Gott! Du?« schrie sie schnell und hielt sich an dem Fenstervorhang fest; – in einer düstern Minute hörten sie einander weinen und atmen und schwiegen. – Endlich trocknete Josephine schnell die Tränen und stand und sagte: »ich verachte dich«, und ging stolz hinaus. Die Glut des bessern Selbstbewußtseins schoß durch das zusammengefallene Herz des Mannes und das harte Wort stärkte es ein wenig; sein ganzes Leben war ja eine Entsündigung und Strafe jener blinden Stunde gewesen, warum treibt ihn der Racheengel in eine neue Hölle?

Aber das ist der Gang des Schicksals. Wie nur die fallenden Menschen, aber nicht die fallenden Engel einen Erlöser bekamen: so wird der Fehltritt eines Heiligen härter gestraft, als der Fall eines Sünders und ein einziger Fehler trägt in das Leben einer edeln Natur eine fortfressende Pest, indes die unedle in der Schlangenhöhle ihres Lebens unter den giftigen Taten, die sich um sie winden, ungestochen wohnt und wie Mithridates, von Gift genährt, an keinem stirbt.

Der Abend war trübe und einsam für alle, jedes lebte nur in die Wolke seines Schmerzes eingeschlossen – und bloß die unbelehrte Cara hatte den süßern, sich nach dem Geliebten zu sehnen.

Am Morgen kam der arme Jüngling zeitig auf der Brandstätte unter den schwarzen Trümmern so vieler Freuden an; er war geeilet, um in eine dreifache Umarmung zu fallen und die vierte zu erzählen. Unglücklicher! wie trübe und verworren empfängt dich deine Mutter! Wie schmerzlich-erschüttert von deiner Gestalt und deinem Geschick und deiner Zukunft reißet dich der Vater an die Brust, in welcher Liebe und Schmerz und Freude so grimmig durcheinander greifen! – Und nur Cara allein weint bloß vor Freude.

Aber allmählich ahnen die Kinder aus dem ängstlichen Geflatter der Eltern, daß in der Höhe ein unsichtbarer Raubvogel über dem Glück des Hauses schwebe und ziele. Bald wurde der schwarze Punkt größer: der Sohn forderte heftig der Mutter den Aufschluß über die Veränderung im Hause ab. Sie sandte ihn zum Vater. Dieser ließ sie durch den Sohn zu einem gemeinsamen Gespräch im Garten bitten. Sie bewilligt' es, bloß aus Liebe für ihr Kind; gegen Perefixe hatte sich in ihrer Brust nicht heißer Haß, sondern kalte Verachtung festgesetzt; aber desto schlimmer; jener ist ein Vulkan, der sich immer ändert und oft zerstört, diese ein Eisberg, der glatt und hart unter der Sonne steht. Man rechne es diesem hohen Gemüte nicht strenge an; sie hatte bisher ein so langes, so oft angefochtenes Vertrauen für ihn lebendig bewahrt, und jetzt ermordet er es selber mit einem Schlag. Nicht der Fehler, sondern die lange Heuchelei erbitterte sie am meisten. Das ist die Logik der Leidenschaft; Eubulides erfand sieben Trugschlüsse; aber jede Leidenschaft erfindet sieben mal sieben.

Ganz verschieden von der gestrigen Zerknirschung war die gefaßte Stimmung, womit er heute vor sie trat. Der alte sich in seine Brust einsenkende Fels des Geheimnisses und der Verstellung war abgehoben und in dieser Stunde wurde sie frei und leicht nur von der Pflicht bewegt. Er erzählte ihr ohne Leidenschaft seine Vergangenheit und sein stilles Büßen – und erklärte, wie sein heftiges Predigen gegen diese Abweichung nicht aus Heuchelei, sondern eben aus dem forteiternden Gefühle ihrer Folgen gekommen sei – er bewies ihr, daß die Wirksamkeit seines Standes und das Glück des Geschwornen und der Tochter (hier schlug er die Augen nieder) durch die Offenbarung der Mysterie untergehe – und daß bloß Wolfgang es wissen müsse und könne, da er eben so verschwiegen als unbiegsam sei. Sie antwortete mit einem zusammengebrochenen toten Innern, worin die Pflicht allein die einzige lebendige Stimme war: »ich seh' das alles ein – sag' es ihm selber – übrigens verschone mich künftig mit jeder fernern Erwähnung davon.« Sein zerquetschtes Herz, sein liebendes nasses Auge, seine bebende Hand wirkte nicht mehr auf sie – und er vergab es ihr gern, ja er freuete sich seiner Strafe als Linderung.

– Aber nun verlanget keine peinliche Ausmalung, wie das fallende Laub eines Menschen die Blumen und Gewächse, die unter ihm wuchsen, überdeckte und erstikkend niederdrückte! Soll ich euch den unschuldigen

Sohn in der Stunde zeigen, wo ihm das Verhängnis wieder einen Teil seines Wesens abreißet und wo der feste Mensch weichlich weint und unter der Verwundung dem Vater ein hartes Wort sagt, dessen er sonst nie fähig gewesen wäre und wo er nicht einmal von der Schwester, sondern nur von der Mutter Abschied nimmt, »um, wie er sagte, so bald nicht wieder zu kommen?« Oder soll ich euch den stillen Gram der Mutter über den untergegangenen Morgenstern ihrer Liebe zeigen, der als kein Abendstern wiederkehrt? Oder soll ich euch zu der stillen Cara führen, die in der dunkeln langen Höhle des Geheimnisses geht, ohne Jugendfarbe, gebückt, voll Tränen, und furchtsam und das Leben als eine schwere hölzerne Harfe, aus der ein Griff alle Saiten weggerafft, nachschleppend, und die nun nichts weiter auf der Erde erfreuen kann, als wenn der alte Mann, den sie noch für ihren Vater hält, sie mit bittern Tropfen ansieht, und sagt: »bei Gott! ich habe dir deinen Spitzbuben geben wollen!« –

Nein; aber ich wollte lieber einigen von euch, – denen, die zu einem Mittagschlaf sich in das Blumenbeet eines ganzen fremden Lebens hineinlegen und gleichgültig wieder aufspringen vom erquetschten Blumenflor – das malen, was euch näher steht, die armen Zöglinge der Not, denen euer Name gehört und eure Sorge und die in dem kalten von euch für sie erbauten Ugolinusturm der Dürftigkeit zuerst die Augen aufschlagen. Malet ihr euch diese niemals selber? Poltern nicht nur Schatten in eurem Herzen wie begrabene Scheinleichen und rufen nach Leben? – Könnt ihr eine selige liebende Stunde mit euern benannten Kindern haben, ohne an die tausend martervollen euerer unbenannten zu denken? – Könnt ihr am Geburtsfeste eueres nahen Kindes euch freuen und seiner schönen Entwicklung nachrechnen, ohne daß sich das tödliche Gemälde seiner fernen verhüllten Geschwister vor euch aufrichte, die vielleicht an diesem Tage darben und seufzen, oder sich das reine Herz vergiften? – Dürft ihr von Vaterliebe sprechen und sagen, ihr habt euern Kindern eine feste frohe Stätte bereitet, indes die andern draußen im Weltmeere auf Eisschollen frieren und zitternd weiter schwimmen und vielleicht endlich niederbrechen? – Nennt euch nicht Männer, ihr seid furchtsamer als die Mütter, die als die Verlassenen bleiben bei den Verlassenen! Nennt euch nicht Väter, es gibt mehr Mütter als Väter, und weniger Kindermörderinnen als Kindermörder! –

Des Feldpredigers Schmelzle Reise nach Flätz

Nichts ist wohl lächerlicher, meine werten Freunde, als wenn man einen Mann für einen Hasen ausgibt, der vielleicht gerade mit den entgegengesetzten Fehlern eines Löwen kämpft, wiewohl nun auch der afrikanische Leu seit Sparrmanns Reise als ein Feigling zirkuliert. Ich bin indes in diesem Falle, Freunde, wovon ich später reden werde, ehe ich meine Reise beschreibe. Ihr freilich wißt alle, daß ich gerade umgekehrt den Mut und den Waghals, (ist er nur sonst kein Grobian), vergöttere, z.B. meinen Schwager, den Dragoner, der wohl nie in seinem Leben einen Menschen allein ausgeprügelt, sondern immer einen ganzen geselligen Zirkel zugleich. Wie furchtbar war nicht meine Phantasie schon in der Kindheit, wo ich, wenn der Pfarrer die stumme Kirche in einem fort anredete, mir oft den Gedanken: »wie wenn du geradezu aus dem Kirchenstuhle hinauf schriest: ich bin auch da, Herr Pfarrer!« so glühend ausmalte, daß ich vor Grausen hinaus mußte! – So etwas wie Rugendas Schlachtstücke – entsetzliches Mordgetümmel – Seetreffen und Landstürme bei Toulon – auffliegende Flotten – und in der Kindheit Prager-Schlachten auf Klavieren – und kurz, jede Karte von einem reichen Krieg-Schauplatz; dies sind vielleicht zu sehr meine Liebhabereien und ich lese – und kaufe nichts lieber; es könnte mich oft zu manchem versuchen, hielte mich nicht meine Lage aufrecht. Soll indes rechter Mut etwas Höheres sein, als bloßes Denken und Wollen: so genehmigt ihr es am ersten, Werteste, wenn auch der meinige einst dadurch in tätige Worte ausbrechen will, daß ich meine künftigen Katecheten, so gut es in Vorlesungen möglich, zu christlichen Heroen stähle. Es ist bekannt, daß ich immer, wenigstens zehn Akker weit, von jedem Ufer voll Badegäste und Wasserschwimmer fern spazieren gehe, um für mein Leben zu sorgen, bloß weil ich gewiß voraussehe, daß ich, falls einer davon ertrinken wollte, ohne weiteres (denn das Herz überflügelt den Kopf) ihm, dem Narren, rettend nachspringen würde, in irgend eine bodenlose Tiefe hinein, wo wir beide ersöffen. – Und wenn das Träumen der Wiederschein des Wachens ist, so frag ich euch, Treue, erinnert ihr euch nicht mehr, daß ich euch Träume von mir erzählt habe, deren sich kein Cäsar, Alexander und Luther schämen darf? Hab ich nicht – um nur an einige zu erinnern – Rom gestürmt und mich mit dem Papste und dem Elephantenorden des Kardinal-Kollegiums zugleich duelliert? Bin ich nicht zu Pferde, worauf ich als Revüe-Zuschauer gesessen, in ein bataillon quarré eingebrochen, und habe in Aachen die Perücke Karls des Großen, wofür die Stadt jährlich 10 Rthlr. Frisiergeld zahlt, und darauf in Halberstadt von Gleim Friedrichs Hut erobert, und beide aufeinander aufgesetzt, und habe mich doch noch umgekehrt, nachdem ich vorher auf einem erstürmten Walle die Kanone gegen den Kanonier selber umgekehrt? – Habe ich nicht mich beschneiden und doch als Jude mich zählen lassen, und mit Schinken bewirten, wiewohl's Affenschinken am Orinoko waren (nach Humbold)? Und tausend dergleichen, denn z. B. den Flätzer Konsistorial-Präsidenten hab ich aus dem Schloßfenster geworfen – Knall- oder Alarmfidibus von Heinrich Backofen in Gotha, das Dutzend zu 6 gr., und jeder wie ein Kanonenknall schlagend, hab ich so ruhig angehört, daß die Fidibus mich nicht einmal aufweckten – und mehr.

Doch genug! Es ist Zeit mit wenigem die Verleumdung meines Feldpredigeramtes, die leider auch in Flätz umläuft, bloß dadurch, wie ein Cäsar den Alexander zu zerstäuben, daß ich sie berühre. Es sei daran wahr, was wolle, es ist immer wenig oder nichts. Euer großer Minister und General in Flätz – vielleicht der größte überall – denn es gibt nicht viele Schabacker – konnte allerdings, wie jeder große Mann, gegen mich eingenommen werden, doch nicht mit dem Geschütz der Wahrheit; denn letzteres stell ich euch hierher, ihr Herzen, und drückt ihrs nur zu meinem besten ab! Es laufen nämlich im Flätzischen unsinnige Gerüchte um, daß ich aus bedeutenden Schlachten Reißaus genommen, (so pöbelhaft spricht man) und daß nachher, als man Feldprediger zu Dank- und Sieges-Predigten gesucht, nichts zu haben gewesen. Das Lächerliche davon erhellt wohl am besten, wenn ich sage, daß ich in gar keinem Treffen gewesen bin, sondern mehrere Stunden vor demselben mich so viele Meilen rückwärts dahin gezogen habe, wo mich unsere Leute, sobald sie geschlagen worden, notwendig treffen mußten. Zu keiner Zeit ist der Rückzug wohl so gut – ein guter aber wird für das Meisterstück der Kriegskunst gehalten – und mit solcher Ordnung, Stärke und Sicherheit zu machen, als eben vor dem Treffen, wo man ja noch nicht geschlagen ist.

Ich konnte zwar als hoffentlicher Professor der Katechetik zu solchen Verfumfeiungen meines Mutes still sitzen und lächeln – denn schmied ich meine künftigen

Katecheten durch sokratisches Fragen zum weiterfragen zu: so hab ich sie zu Helden gehärtet, da nichts gegen sie zu Felde zieht als Kinder – Katecheten dürfen ohnehin Feuer fürchten, nur Licht nicht, da in unseren Tagen wie in London, die Fenster eingeworfen werden, wenn sie nicht erleuchtet sind, anstatt, daß es sonst den Völkern mit dem Lichte ging wie den Hunden mit dem Wasser, die, wenn man ihnen lange keines gibt, endlich die Scheu vor dem Wasser bekommen – und überhaupt säuselt für Katecheten jeder Park lieblicher und wohlriechender als ein schwefelhafter Artilleriepark, und der Kriegsfuß, worauf die Zeit gesetzt wird, ist ihnen der wahre teuflische Pferdefuß der Menschheit. – –

Aber ich denke anders – ordentlich als wäre der Parthengeist des Taufnamen Attila mehr als sich's gehört, in mich gefahren, ist mir daran gelegen, immer nur meinen Mut zu beweisen, was ich denn hier wieder mit einigen Zeilen tun will, teuerste Freunde! Ich könnte diese Beweise schon durch bloße Schlüsse und gelehrte Zitate führen. Z. B. wenn Galen bemerkt, daß Tiere mit großen Hinterbacken schüchtern sind: so brauch ich bloß mich umzuwenden, und dem Feinde nur den Rücken – und was darunter ist – zu zeigen, wenn er sehen soll, daß es mir nicht an Tapferkeit fehlt, sondern an Fleisch. – Wenn nach bekannten Erfahrungen Fleischspeisen herzhaft machen: so kann ich dartun, daß ich hierin keinem Offizier nachstehe, welcher bei seinem Speisewirt große Bratenrechnungen nicht nur machen, sondern auch unsaldiert bestehen läßt, um zu jeder Stunde, sogar bei seinem Feinde selber (dem Wirte) ein offnes Dokument zu haben, daß er das Seinige (und Fremdes dazu) gegessen, und gemeines Fleisch auf den Kriegsfuß gesetzt, lebend nicht, wie ein anderer, von Tapferkeit, sondern für Tapferkeit. – Ebensowenig hab ich je als Feldprediger hinter irgend einem Offizier unter dem Regimente zurückstehen wollen, der ein Löwe ist, und mithin jeden Raub angreift, nur daß er wie dieser König der Tiere, das Feuer fürchtet – oder der, wie König Jacob von England, welcher davon laufend vor nackten Degen, desto kühner vor ganz Europa dem stürmenden Luther mit Buch und Feder entgegenschritt, gleichfalls bei ähnlicher Idiosynkrasie sowohl mündlich als schriftlich mit jedem Kriegsheer anbindet. Hier entsinn ich mich vergnügt eines wackern Sousleutnants, der bei mir beichtete – wiewohl er mir noch das Beichtgeld schuldig ist, so wie noch besser seinen Wirtinnen das Sündengeld – welcher in Rücksicht der Herzhaftigkeit vielleicht etwas von jenem indischen Hunde hatte, den Alexander geschenkt bekommen, als einen Hund-Alexander. Der Mazedonier ließ zur Probe auf den Wunderhund andere Helden- oder Wappentiere anlaufen – erstlich einen Hirschen – aber der Hund ruhte; – dann eine Sau – er ruhte; – sogar einen Bären – er ruhte: jetzt wollt ihn Alexander verurteilen, als man endlich einen Löwen einließ; da stand der Hund auf und zerriß den Löwen. Ebenso der Sousleutnant. Ein Duellant, ein Auswärts-Feind, ein Franzose ist ihm nur Hirsch und Sau und Bär, und er bleibt liegen; aber nun komme und klopfe an sein ältster stärkster Feind, sein Gläubiger, und fordere ihm für verjährte Freuden jetziges Schmerzensgeld ab, und woll ihm so Vergangenheit und Zukunft zugleich abrauben: der Leutnant fährt auf, und wirft den Gläubiger die Treppe hinab. Leider steh ich auch erst bei der Sau, und werde natürlich verkannt.

Quo – sagt Livius XII. 5. mit Recht – quo timoris minus est, eo minus ferme periculi est, oder zu deutsch – je weniger man Furcht hat, desto weniger Gefahr ist fast dabei; ich kehre den Satz ebenso richtig um, je weniger Gefahr, desto kleiner die Furcht, ja es kann Lagen geben, wo man ganz und gar von Furcht nichts weiß – worunter meine gehört. Um desto verhaßter muß mir jede Afterrede über Hasenherzigkeit erscheinen.

Ich schicke meiner Ferienreise noch einige Tatsachen voraus, welche beweisen, wie leicht Vorsicht – d. h. wenn ein Mensch nicht dem dummen Hamster gleichen will, der sich sogar gegen einen Mann zu Pferde auflehnt – für Feigheit gelte. Ich wünschte übrigens nur, ich könnte ebenso glücklich einen ganz andern Vorwurf, den eines Waghalses, ablehnen, wiewohl ich doch im Folgenden gute Fakta beizubringen gedenke, die ihn entkräften.

Was hilft der Heldenarm, ohne ein Heldenauge? Jener wächset leicht stärker und nerviger, dieses aber schleift sich nicht so bald wie Gläser schärfer. Indes aber die Verdienste der Vorsicht fallen weniger ins Auge (ja mehr ins Lächerliche) als die des Mutes. Wer mich z. B. bei ganz heiterem Himmel mit einem wachstuchenen Regenschirme gehen sieht, dem komm ich wahrscheinlich solange lächerlich vor, als er nicht weiß, daß ich ihn als Blitzschirm führe, um nicht von einem Wetterstrahl aus blauem Himmel (wovon in der mittleren Geschichte mehr als ein Beispiel steht), getroffen zu werden. Der Blitzschirm ist nämlich ganz der Reimarus'sche; ich trage auf einem langen Spazierstocke das wachstuchene

Sturmdach, von dessen Giebel sich eine Goldtresse als Ableitungskette niederzieht, die durch einen Schlüssel, den sie auf dem Fußsteig nachschleift, jeden möglichen Blitz leicht über die ganze Erdfläche ableitet und verteilt. Mit diesem Paradonner (paratonnerre portatif) in der Hand will ich mich wochenlang ohne die geringste Gefahr unter dem blauen Himmel herumtreiben. Indes deckt diese Taucherglocke noch gegen etwas anderes – gegen Kugeln. Denn wer gibt mir im Herbste schwarz auf weiß, daß kein versteckter Narr von Jäger irgendwo, wenn ich die Natur genieße und durchstreife, seine Kugelbüchse in einem Winkel von 45° so abdrückt, daß sie im Herunterfallen bloß auf meinem Scheitel aufzuschlagen braucht, damit es so gut ist, als würd ich seitwärts ins Gehirn geschossen?

Es ist ohnehin schlimm genug, daß wir nichts gegen den Mond haben, uns zu wehren – der uns gegenwärtig beschießt mit Gestein, wie ein halber türkischer; denn dieser elende Erd-Trabant und Läufer und valet de Fantaisie glaubt in diesen rebellierenden Zeiten auch anfangen zu müssen, seiner großen Landesmutter etwas zuzuschleudern aus der Davids Hirtentasche. Wahrhaftig, jetzt kann ja ein junger Katechet von Gefühl nachts mit geraden Gliedern in den Mondschein hinaus wandeln, um manches zu empfinden oder zu bedenken, und kann (mitten im Gefühl erwirft ihn der absurde Satellit) als zerquetschter Brei wieder nach Haus gehen. – – Bei Gott! überall Klingen, Proben des Muts. Hat man mühsam Donnerkeile eingeschmolzen und Kometenschwänze anglisiert: so führt der Feind neues Geschütz im Mond auf, oder sonstwo im Blau!

Noch eine Geschichte sei genug, um zu beweisen, wie lächerlich gerade die ernsthafteste Vorsicht bei allem innern Mute oft außen dem Pöbel erscheint. Reiter kennen die Gefahren auf einem durchgehenden Pferde längst. Mein Unstern wollte, daß ich in Wien auf ein Mietpferd zu sitzen kam, das zwar ein schöner Honigschimmel war, aber alt und hartmäulig wie der Satan, so daß die Bestie in der nächsten Gasse mit mir durchging und zwar – leider bloß im Schritte. Kein Halten, kein Lenken schlug an; ich tat endlich auf dem Selbststreitroß Notschuß nach Notschuß und schrie: »Haltet auf, ihr Leute, um Gotteswillen aufgehalten, mein Gaul geht durch.« Aber da die einfältigen Menschen das Pferd so langsam gehen sahen wie den Reichshofrat-Prozeß und den ordinären Postwagen: so konnten sie sich durchaus nicht in die Sache finden, bis ich in heftigster Bewegung wie besessen schrie: »haltet doch auf, ihr Pinsel und Pensel, seht ihr denn nicht, daß ich die Mähre nicht mehr halten kann?« Jetzt kam den Faulpelzen ein hartmäuliges schrittlings ausziehendes Pferd lächerlich vor. – Halb Wien bekam ich dadurch wie einen Bartstern-Schwanz hinter meinen Roßschweif und Zopf nach – Fürst Kaunitz, sonst der beste Reiter des Jahrhunderts (des vorigen), hielt an, um mir zu folgen. – Ich selber saß und schwamm als aufrechtes Treibeis auf dem Honigschimmel, der in einemfort Schritt für Schritt durchging. Ein vieleckiger rockschößiger Briefträger gab rechts und links seine Briefe in den Stockwerken ab und kam mir stets mit satirischen Gesichtszügen wieder nach, weil der Schimmel zu langsam auszog. – Der Schwanzschleuderer (bekanntlich der Mann, der mit einer zweispännigen Wassertonne über die Straßen fährt, und sie mit einem drei Ellen langen Schlauch aus einem blechernen Trichter benetzt) fuhr den Hinterbacken meines Pferdes nach und feuchtete während seiner Pflicht jene und mich selber kühlend an, ob ich gleich kalten Schweiß genug hatte, um keines frischeren zu bedürfen. – Ich geriet auf meinem höllischen trojanischen Pferd (nur war ich selber das untergehende Troja, das ritt) nach Malzleinsdorf, (einer Wiener Vorstadt) oder waren's für meine gepeinigten Sinne ganz andere Gassen. – Endlich mußte ich abends spät nach dem Retraiteschuß des Praters im letztern zu meinem Abscheu und gegen alle Polizeigesetze auf dem gesetzlosen Honigschimmel noch herumreiten und ich hätte vielleicht gar auf ihm übernachtet, wenn nicht mein Schwager, der Dragoner, mich gesehen und noch fest auf dem durchgegangenen Gaule gefunden hätte. Er machte keine Umstände – fing das Vieh – tat die lustige Frage: warum ich nicht voltigiert hätte, ob er gleich recht gut weiß, daß dazu ein hölzerner Gaul gehört, der steht – und holte mich herab – und so kamen alle berittene Wesen unberitten und unbeschädigt nach Hause.

Aber nun endlich einmal an meine Reise!

Reise nach Flätz.

Ihr wißt, Freunde, daß ich die Reise nach Flätz gerade unter den Ferien machen mußte, nicht nur, weil Viehmarkt, und folglich der Minister und General von Schabacker da war, sondern vornehmlich, weil er (wie ich von geheimer Hand sicher hatte) jährlich den 23. Juli am

Abend vor dem Markttage um fünf Uhr so voll Gaudium und Gnade sich ausließ, daß er die meisten Menschen weniger anschnautzte als anhörte und – erhörte. Die Gaudium-Ursache vertrau ich ungern dem Papier. Kurz, ich konnte ihm meine Bittschrift, mich als unschuldig vertriebenen Feldprediger durch eine katechetische Professur zu entschädigen und zu besolden, in keiner bessern Jahr- und Tag-Zeit überreichen, als abends um 5 Uhr Hundstags-Anfang. Ich setzte mein Bittschreiben in drei Tagen auf. Da ich weder Konzepte, noch Abschriften desselben schonte und zählte: so war ich bald so weit, daß ich das relativ Beste ganz vollendet vor mir hatte, als ich erschrocken bemerkte, daß ich darin über dreißig Gedankenstriche in Gedanken hingeschrieben hatte. Leider schießen diese Stacheln heutzutage, wie aus Wespen-Steißen, unwillkürlich aus gebildeten Federn hervor. Ich warf es zwar lange in mir hin und her, ob ein Privatgelehrter sich einem Minister mit Gedankenstrichen nähern dürfe – so sehr auch dieses ebene Unterstreichen der Gedanken, diese wagrechten Taktstriche poetischer Tonstücke, und diese Treppenstricke oder Achillessehnen philosophischer Sehstücke jetzt eben so allgemein als nötig sind – allein ich mußte doch am Ende (da Ausschaben Standespersonen beleidigt) das beste Probstück wieder umschreiben und mich wieder eine halbe Viertelstunde am Namen Attila Schmelzle quälen, weil ich immer glaube, diesen sowie die Brief-Adresse, die beiden Kardinalgegenden und Punkte der Briefe, nie leserlich genug zu schreiben.

Erste Station von Neusattel nach Vierstädten.

Der 22. Juli, oder Mittwochs nachmittags um fünf Uhr, war von der Postkarte der ordentlichen fahrenden Post selber zu meiner Abreise unwiderruflich anberaumt. Ich hatte also etwa einen halben Tag Zeit, mein Haus zu bestellen, welchem jetzt zwei Nächte und drittehalb Tage hindurch meine Brust als Brustwehr der Verhack mit meinem Ich abgehen sollte. Sogar mein gutes Weib Bergelchen, wie ich meine Teutoberga nenne, reisete mir unaufhaltsam den 24. oder Freitags darauf nach, um den Jahrmarkt zu beschauen, und zu benutzen; ja sie wollte schon sogleich mit mir abreisen, die treue Gattin. Ich versammelte daher meine kleine Bedientenstube und publizierte ihr die Hausgesetze, und Reichs-Abschiede, die sie nach meinem Abschiede den Tag und die Nacht erstlich vor der Abreise meiner Frau und zweitens nach derselben auf das Pünktlichste zu befolgen hatten, und alles, was ihnen besonders bei Feuersbrünsten, Dieb-Einbrüchen, Donnerwettern und Durchmärschen vorzukehren oblag. Meiner Frau übergab ich ein Sach-Register des Besten in unserm kleinen Registerschiffe, was sie, im Falle es in Rauch aufginge, zu retten hätte. – Ich befahl ihr, in stürmischer Nacht (dem eigentlichen Dieb-Wetter), unsere Windharfe ans Fenster zu stellen, damit jeder schlechte Strauchdieb sich einbildete, ich phantasierte harmonisch, und wachte; desgleichen den Kettenhund am Tage ins Zimmer zu nehmen, damit er ausschliefe, um Nachts munterer zu sein. Ich riet ferner, auf jeden Brennpunkt der Glasscheiben im Stalle, ja auf jedes hingestellte Glas Wasser ihr Auge zu haben, da ich ihr schon öfter die Beispiele erzählet, daß durch solche zufällige Brenngläser, die Sonne ganze Häuser in Brand gesteckt. – Auch gab ich ihr die Morgenstunde, wo sie Freitags ab- und mir nachreisen sollte, sowie die Haustafeln schärfer an, die sie vorher dem Gesinde einzuschärfen hätte. Meine liebe, kerngesunde, blühende Honig-Wöchnerin Berga antwortete ihrem Flitterwöchner, wie es schien, sehr ernsthaft: »Geh nur Alterchen, es soll alles ganz scharmant geschehen. – Wärest du nur erst voraus, so könnte man doch nach! Das währt ja aber Ewigkeiten.« – Ihr Bruder, mein Schwager, der Dragoner, für den ich aus Gefälligkeit das Passagiergeld trug, um auf dem Postkissen einen an sich tapfern Degen und Hauinsfeld, sozusagen als körperlichen und geistigen Verwandten und Spillmagen vor mir zu haben, dieser zog über meine Verordnungen, (was ich leicht dem Hage- und Kriegsstolzen vergab) sein braunes Gesicht ansehnlich ins Spöttische, und sagte zuletzt: »Schwester, an deiner Stelle täte ich, was mir beliebte; und dann guckte ich nach, was er auf seinem Reglement-Zettel hätte haben wollen.« – Oh, versetzte ich, Unglück kann sich wie ein Skorpion in jede Ecke verkriechen, ich möchte sagen, wir sind den Kindern gleich, die am schön bemalten Kästchen schnell den Schieber aufreißen und – heraus fährt eine Maus, die hackt« – »Maus, Maus, raus, raus! (versetzte er, auf und niedertrabend). Herr Schwager, aber es ist fünf Uhr; und Sie werden schon finden, wenn Sie wiederkommen, daß alles so aussieht wie heute, die Hunde wie die Hunde, und meine Schwester wie eine hübsche Frau: allons donc!« Er war eigentlich Schuld, daß ich aus Besorgnis seines Mißdeutens nicht vorher eine Art von Testament gemacht. – Ich packte noch entgegengesetzte Arzneien, sowohl temperierende als erhitzende, gegen zwei Möglichkeiten ein – ferner meine alten Schienen gegen Arm- und Beinbrüche bei Wagenumstürzen – und (aus Vorsicht) noch einmal soviel Geldwechsel als ich eigentlich nötig hatte. Nur wünschte ich dabei wegen der Mißlichkeit des Aufbewahrens, ich wär ein Affe mit Backentaschen, oder ein Beuteltier, damit ich in mehr sichere und empfindungsvolle Taschen und Beutel solche Lebenspreziosen verschanzte. Rasieren lasse ich mich sonst stets vor Abreisen aus Mißtrauen gegen fremde mordsüchtige Bartputzer: aber diesmal behielt ich den Bart bei, weil er doch unterwegs, auch geschoren, so reich wieder getrieben hätte, daß mit ihm vor keinem Minister wäre zu erscheinen gewesen.

Ich warf mich heftig ans Kraftherz meiner Berga an, und riß mich noch heftiger ab, aber sie schien über unsere erste Ehetrennung weniger in Jammer als in Jubel zu sein, viel weniger bestürzt als seelenvergnügt, bloß weil sie auf das Scheiden nicht halb so sehr als auf das Wiedersehen und Nachreisen, und die Jahrmarktschau ihr Augenmerk hatte; doch warf und hing sie sich an meinen etwas dünnen und langen Hals und Körper fast schmerzhaft als eine zu fleischige derbe Last, und sagte: »Fege nur frisch davon, mein scharmanter Attel (Attila) – und mache dir unterwegs keine Gedanken, du aparter Mensch! – Haben wir denn zu klagen? Einen oder ein paar Püffe halten wir mit Gottes Hilfe schon aus, solange mein Vater kein Bettelmann ist.« – »Und dir aber, Franz, fuhr sie gegen ihren Bruder ordentlich zornig fort, bind ich meinen Attel auf die Seele, du weißt recht gut, du wüste Fliege, was ich tue, wenn du ein Narr bist, und ihn wo im Stiche lässest.« Ich verzieh ihr hier manches Gutgemeinte; und euch Freunden ist ihr Reichtum und ihre Freigebigkeit auch nichts neues.

Gerührt sagt ich: »nun, Berga, gibts ein Wiedersehen für uns, so ist's gewiß entweder im Himmel oder in Flätz; und ich hoffe zu Gott, das letztere.« – Stracks ging's rüstig davon. Ich sah mich durch das Kutschen-Rückfenster um nach meinem guten Städtchen Neusattel; und es kam mir gerührt vor, als richte sich dessen Turmspitze ordentlich als ein Epitaphium über meinem Leben oder meinem vielleicht tot zurückreisenden Leichnam in die Höhe: – wie wird alles sein, dacht ich, wenn du nun endlich nach zwei oder drei Tagen wiederkommst? Jetzt sah ich mein Bergelchen uns aus dem Mansardenfenster nachschauen; ich legte mich weit aus dem Kutschenschlage hinaus, und ihr Falkenauge erkannte sofort meinen Kopf; Küsse über Küsse warf sie mir mit beiden Händen herab, dem ins Tal rollenden Wagen nach. »Du herziges Weib, dacht ich, wie machst du deine niedrige Geburt durch die geistige Wiedergeburt vergeßlich, ja merkwürdig!«

Freilich das Postkutschen-Gelag und Pikenick wollte mir weniger schmecken; lauter verdächtiges, unbekanntes Gesindel, welches (wie gewöhnlich die Märkte tun) der Flätzer durch seine Witterung einlockte. Ungern werd ich Unbekannten ein Bekannter; aber mein Schwager, der Dragoner, war, wie immer, schon mit allem, mit Himmel und Hölle herausgeplatzt. Neben mir saß eine höchst wahrscheinliche Hure. – Auf ihrem Schoße ein Zwerg, der sich auf dem Jahrmarkte wollte sehen lassen. – Mir gegenüber blickte ein Kammerjäger mich an. – Und unten im Tale stieg noch ein blinder Passagier mit einem roten Mantel ein. Mir gefiel gar niemand, ausgenommen mein Schwager. Ob nicht die Hure meine Bekanntschaft zu einer eidlichen Angabe benützen, ob nicht Spitzbuben unter den Passagieren mich und meine Eigenheiten und Zufälle studieren würden, um auf der Tortur mich in ihre Bande zu flechten – dafür konnte sich mir niemand verpfänden. An fremden Orten schau ich schon ungern – und aus Vorsicht – an irgend ein Kerkergitter lange empor, weil ein schlechter Kerl dahinter sitzen kann, der eilig herunter schreiet aus bloßer Bosheit: »Drunten steht mein Spießkamerad, der Schmelzle!« – oder auch weil ein vernagelter Scherge sich denken kann, ich suchte meinen Konföderierten oben zu entsetzen. Aus einer wenig davon verschiedenen Vorsicht dreh ich mich daher niemals um, wenn ein Star mir nachruft: Dieb!

Was den Zwerg selber anlangt, so konnt er meinetwegen mitfahren, wohin er wollte; aber er glaubte ein besonderes Frohleben in uns zu bringen, wenn er uns verhieße, daß sein Pollux und Amtsbruder, ein seltener Riese, der ebenfalls der Messe zum Anschau zuzog, gegen Mitternacht uns unfehlbar mit seinem Elephantenschritte nachkommen, und sich einsetzen oder hintenaufstellen würde. Beide Narren beziehen nämlich gemeinschaftlich die Messen als gegenseitige Meßhelfer zu entgegengesetzten Größen; der Zwerg ist das erhabne Vergrößerungsglas des Riesen, der Riese das hohle Verkleinerungsglas des Zwergs. Niemand bezeugte große Freude an der Aussicht der Nachkunft des Maßkopisten des Zwergs, ausgenommen mein Schwager, der, (ist das Wortspiel erlaubt) wie eine Uhr bloß zum Schlagen gemacht zu sein glaubt, und mir wirklich sagte: »Könn er einmal oben in der ewigen Seligkeit keine Seele zuweilen wamsen und koram nehmen, so fahr er lieber in die Hölle, wo gewiß des Guten und der Händel eher zu viel sein werden.« – Der Kammerjäger im Postwagen hatte, außerdem schon, daß uns niemand sehr einnimmt, der bloß vom Vergiften lebt, wie dieser Freund Hain der Ratten, und diese Mäuse-Parze, und daß ein solcher Kerl, was noch schlimmer, sogleich ein Mehrer des Ungezieferreichs zu werden droht, sobald er nicht dessen Minderer sein darf – dieser hatte überhaupt soviel Fatales an sich, zuerst den Stechblick wie eines Stilets – dann das hagere scharfe Knochengesicht in Verbindung mit seinem Vorrechnen seines ansehnlichen Giftsortiments – dann (denn ich haßte ihn immer heißer) seine geheime Stille, sein geheimes Lächeln, als seh er in irgend einer Schlupfecke eine Maus, ähnlich einem Menschen. – Wahrlich mir, der ich sonst ganz andern Leuten stehe, kam endlich sein Rachen als eine Hundgrotte vor, seine Backenknochen als Untiefen und Klippen, sein heißer Atem als Kalzinierofen und die schwarzhaarige Brust als Welk- und Darrofen. – –

Ich hatte mich auch – glaub ich – nicht viel versehen; denn bald darauf fing er an, der Gesellschaft, worin ein Zwerg und ein Mädchen war, ganz kalt zu berichten, er habe schon zehn Leiber mit dem Dolch nicht ohne Lust durchstoßen – habe gemächlich ein Dutzend Menschenarme abgehauen, vier Köpfe langsam gespalten, zwei Herzen ausgerissen, und mehr dergleichen – und keiner davon, sonst Leute von Mut, hab ihm im geringsten widerstanden – »aber warum?« setzt er giftig hinzu, und nahm den Hut vom häßlichen Glatzkopf – »ich bin unverwundbar – wer von der Gesellschaft will, lege auf meiner Glatze soviel Feuer an als er will, ich laß es ausbrennen.«

Mein Schwager, der Dragoner, setzte sogleich einen brennenden Tabakschwamm auf den Schädel, aber der Jäger stand es so ruhig aus, als wär es ein kalter Brand, und er und der Dragoner sahen einander wartend an, und jeder lächelte sehr närrisch – »es tue ihm bloß sanft, sagt er, wie eine gute Frostsalbe, denn dies sei überhaupt die Winterseite an seinem Leibe.« Hier griff mein Schwager ein wenig auf dem nackten Schädel umher und rief verwundert: »er fühle sich so kalt an, wie eine Kniescheibe.« Nun hob der Kerl auf einmal nach einigen Vorrüstungen zu unserem Entsetzen den Viertels-Schädel ab und hielt ihn uns hin, sagend: »er habe ihn einem Mörder abgesägt, als ihm zufällig der eigne eingeschlagen gewesen«; und erklärte nun, daß man das erzählte Durchstechen und Armabhauen mehr als Scherz zu nehmen habe, indem es lediglich getan als Famulus auf dem anatomischen Theater. – Inzwischen wollte der Scherztreiber doch keinem von uns sehr schmecken und zu Hals, sodaß ich, als er den Kapselkopf, den Repräsentationsschädel, wieder aufsetzte, schweigend dachte: diese Mistbeetglocke hat gewiß nur den Ort, nicht die Giftzwiebel verändert, die sie zudeckt.

Am Ende wurde mirs überhaupt verdächtig, daß er, sowie sämtliche Gesellschaft (auch der blinde Passagier), gerade demselben Flätz zuschifften, wohin ich selber gedachte; besonderes Glück brauchte ich mir davon nicht zu versprechen; und mir wäre in der Tat das Umkehren so lieb gewesen als das Fortfahren, hätt ich nicht lieber der Zukunft getrotzt.

Ich komme endlich auch auf den rot gemantelten blinden Passagier, wahrscheinlich ein Emigré oder ein Refugié (denn er spricht das Deutsche nicht schlechter als das Französische), entweder namens Jean Pierre oder Jean Paul ungefähr, oder ganz namenlos. Sein roter Mantel wäre mir ungeachtet dieser Farbenverschmelzung mit dem Scharfrichter – der in vielen Gegenden trefflich Angstmann heißt – an sich herzlich gleichgültig geblieben, wäre nicht der besondere Umstand eingetreten, daß er mir schon fünfmal in fünf Städten (im großen Berlin, im kleinen Hof, Koburg, Meiningen und Bayreuth) wider alle Wahrscheinlichkeit aufgestoßen, wobei er mich jedesmal bedeutend genug angesehen, und dann seines Wegs gegangen. Ob er mir feindlich nachsetzt oder nicht, weiß ich nicht; nur ist auf alle Fälle der Phantasie kein Objekt erfreulich, das mit Observation-Corps oder aus Schießscharten vielleicht mit Flinten hält und zielt, die es Jahre lang bewegt, ohne daß man weiß, in welchem es abdrückt? – Noch anstößiger wurde mir der Rotmantel dadurch, daß er auffallend seine weiche Seelenmilde pries; dies schien beinah auf Ausholen oder Sichermachen zu deuten. Ich erwiderte: »mein Herr, ich komme eben, wie hier mein Schwager, vom Schlachtfeld her (die letzte Affäre war bei Pimpelstadt), und stimme vielleicht deshalb zu stark für Markkraft, Bruststurm, Stoßglut, und es mag für manchen, der eine brausende Wasserhose, eigentlich Landhose von Herz hat, gut sein, wenn seine geistliche Lage (ich bin darin) ihn mehr mildert als wildert. Indes gehört jeder Milde ihr eisernes Schrankengitter. Fällt mich irgend ein unbesonnener Hund bedeutend an, so tret ich ihn freilich im ersten Zorn entzwei und nachher hinter mir treibt's mein guter Schwager vielleicht noch zweimal weiter, denn er ist der Mann dazu. Vielleicht ist's Eigenheit, aber ich beklag's (gesteh ich) noch heute, daß ich als Knabe einmal einem anderen Knaben drei erhaltene Ohrfeigen nicht derb zurückgereicht, und mir ist oft, als müßt ich sie seinen Enkeln nachzahlen. Wahrlich, wenn ich auch nur einen Jungen vor den schwachen Kräften eines ähnlichen Jungen feig entlaufen sehe, so kann ich das Laufen nicht fassen, und will ihn ordentlich durch einen Machtschlag erretten.« Der Passagier lächelte indes nicht zum Besten. Er gab sich zwar für einen Legationsrat aus, und schien Fuchs genug dazu zu sein, aber ein tollgewordener Fuchs beißt mich am Ende so wasserscheu als ein toller Wolf. Übrigens fuhr ich unbekümmert mit meinem Anpreisen des Mutes fort, nur daß ich absichtlich statt des lächerlichen Bramarbasierens, welches gerade den Feigen recht verrät, fest, still, klar sprach. »Ich bin, sagt ich, bloß für Montaignes Rat: man trage nur Furcht vor der Furcht.«

»Ich würde« (versetzte der Legationsmann unnütz spitzfindig) »wieder fürchten, daß ich mich nicht genug vor der Furcht fürchtete, sondern zu feig bliebe.«

»Auch dieser Furcht«, erwiderte ich kalt, »steck ich Grenzen. Ein Mann kann z. B. nicht im geringsten Gespenster glauben und fürchten; gleichwohl kann er nachts sich in Todesschweiß baden und zwar bloß vor Angst, wie sehr er sich entsetzen würde (besonders mit welchen Nachwehen von Schlagflüssen, fallenden Suchten usw.), falls nichts als bloß seine so lebhafte Phantasie irgend ein Fieber- und Vexierbild vor ihn in die Lüfte hineinginge.« – – »Man sollte daher, fiel mein Schwager wider Gewohnheit moralisierend ein, das so arme Schaf von Mann auch gar mit keinem Geisterspuck foppen, der Hase kann ja auf der Stelle auf dem Platze bleiben.«

Ein lautes Gewitter, das dem Postwagen nachfuhr, veränderte den Diskurs. Ihr, Freunde, erratet wohl alle – da ihr mich nicht als einen Mann ohne alle Physik kennen lernen – meine Maßregeln gegen Gewitter: ich setze mich nämlich auf einen Sessel mitten in der Stube, (oft bleib' ich bei bedenklichem Gewölk ganze Nächte auf ihm), und decke mich durch mein Reinigen von allen Leitern, Ringen, Schnallen usw. und durch mein Absitzen von allen Blitzabsprüngen immer so, daß ich kaltblütig die Sphärenmusik der Donnerpauke vernehme. – Diese Vorsicht hat mir nie geschadet, da ich ja dato noch lebe; und ich wünsche mir noch heute Glück, daß ich einmal aus der Stadtkirche, ob ich gleich tags vorher gebeichtet hatte, ohne weiteres und ohne vorher das Abendmahl zu nehmen, ins Gebeinhaus hinausgelaufen, weil ein schweres Gewitter (was wirklich in die Kirchhoflinde einschlug) darüber stand; – ich kam auch sogleich nach der Entladung der Wolke aus dem Gebeinhaus in die Kirche zurück und war so glücklich, noch hinter dem Henker (als dem letzten) zu kommen und das Liebesmahl zu genießen.

So denk ich für meine Person; aber im vollen Postwagen traf ich Menschen, denen Physik wahre Narretei ist. Denn als die Gewitter sich fürchterlich über unserem

Kutschenhimmel versammelten, und prasselnde Feuerklumpen als wären's Johanniswürmchen im Himmel umher spielten; und als ich endlich ersuchen mußte, das schwitzende Postkonklave mnöchte nur wenigstens Uhren, Ringe, Gelder und dergleichen zusammenwerfen, etwa in die Wagentaschen, damit kein Mensch einen Leiter am Leibe hätte: so tat's nicht nur keiner, sondern mein eigener Schwager, der Dragoner, stieg gar mit gezognem nacktem Degen auf den Bock hinaus, und schwur, er leite ab. Ich weiß nicht, war der desperate Mensch ein gescheiter oder keiner; kurz unsere Lage war fürchterlich und jeder konnte ein gelieferter Mann sein. Zuletzt bekam ich gar einen halben Zank mit zweien von der rohen Menschenfracht der Kutsche, dem Vergifter und der Hure, weil sie fragend fast zu verstehen gaben, ich hätte vielleicht bei dem angepriesenen Preziosen-Pikenick nicht die ehrlichsten Anschläge gehabt. So etwas verwundet die Ehre mit Gewalt, und in mir donnerte es nun stärker als oben; dennoch mußt ich den ganzen nötigen Erbitterungs-Wortwechsel so leise und langsam als möglich führen, und haderte sanft, damit nicht am Ende eine ganz in Harnisch gebrachte Kutsche in Hitze und Schweiß geriete, und in unsere Mitte so den nahen Donnerkeil auf Ausdünstungen durch den Kutschenhimmel herabfahren ließe. Zuletzt setzt ich der Gesellschaft das ganze elektrische Kapitel deutlich aber leise und langsam – ich wollte nicht ausdampfen – auseinander; und suchte besonders von der Furcht abzuschrecken. Denn in der Tat vor Furcht konnte jeden der Schlag – ja ein doppelter, mit dem elektrischen ein apoplektischer – treffen, da aus Erxleben und Reimarus genug bewiesen ist, daß starkes Fürchten durch Dünsten den Strahl zulock; ich stellte daher in ordentlicher Angst vor meiner und fremder Furcht den Passagieren vor: daß sie jetzt durchaus bei unserer schwülen Menge, bei dem die Blitze spießenden Degen auf dem Kutschbock, und bei dem Überhang der Wetterwolke, und selber bei so vielen Ausdünstungen anfangender Furcht, kurz bei so augenscheinlicher Gefahr nichts fürchten dürfen, wollten sie nicht samt und sonders erschlagen sein. »O Gott, rief ich! Nur Mut! Keine Furcht! Nicht einmal Furcht vor der Furcht! – Wollen wir denn als zusammengetriebne Hasen hier seßhaft, von unserem Herrgott erschossen sein? – Fürchte sich meinetwegen jeder, wenn er aus der Kutsche heraus ist, nach Belieben an anderen Orten, wo weniger zu befürchten ist, nur aber nicht hier!«

Ich kann nicht entscheiden – da unter Millionen kaum ein Mensch an der Gewitterwolke stirbt, aber vielleicht Millionen an Schnee- und Regenwolken und dünnen Nebeln – ob meine Kutschenpredigt auf Menschen-Rettung-Preise Anspruch zu machen hatte, als wir sämtlich unbeschädigt einem Regenbogen entgegen in das Städtchen Vierstädten einfuhren, wo ein Posthalter in der einzigen Gasse wohnte, die der Ort hatte.

Zweite Station von Vierstädten nach Niederschöna.

Der Posthalter war ein grober Patron und ein Schläger; eine Gattung von Menschen, die ich unaussprechlich hasse, weil meine Phantasie mir immer vorspiegelt, ich könnte vielleicht aus Zufall oder Widerwillen ihnen ein recht höhnisches und impertinentes Gesicht schneiden, und mir solche Gesellen auf den Hals hetzen, und darauf spür ich schon Ziehen von Mienen. Zum Glücke konnt ich diesmal (gesetzt, ich hätte ein Fehlgesicht geschnitten) mich mit meinem Schwager, dem Dragoner, bewaffnen, für dessen Riesenmacht dergleichen ein Lekkerbissen ist. Denn er kann zum Beispiel vor keinem Wirtshause, worin eine Schlägerei laut wird, vorbeigehen, ohne hineinzutreten, und sogleich unter der Türe zu schreien: Macht Friede, ihr Hunde! Darauf unter seinem Schein von Friedens-Deputation nimmt er ohne Verzug, als wär es eine amerikanische Friedenspfeife, das nächste Stuhlbein in die Hand, und deckt damit das schlagende Personale hinüber und herüber zu, oder er nähert die harten Köpfe der Parteien (er schlägt sich zu keiner) einander mit Gewalt, indem er in jede Hand einen am Hinterhaupte faßt; dann ist der Kauz im Himmel.

Ich für meine Person vermeide diskrepante Zirkel mehr, als daß ich sie aufsuche, so wie auch jeden toten oder totgemachten Menschen; – der vorsichtige Mann sieht leicht voraus, was davon zu holen ist, entweder verdrießliches und mißliches Zeugschaftgeben, oder oft gar (wenn die Umstände sich verschwören) peinliches Nachfragen über Mitschuld.

In Vierstädten stieß mir nichts von Wichtigkeit auf als – zu meinem Grausen – ein Hund ohne Schwanz, der durch die Stadt oder Gasse lief. Ich zeigte erbittert im ersten Feuer den Passagieren den Hund, und legte ihnen die Frage vor: ob sie denn eine medizinische Polizei für trefflich bestellt ansähen, welche wie die Vierstädter es zuließe, daß Hunde öffentlich herumsprängen, denen der Schwanz fehlte. »An was, sagt ich, halt ich mich denn, wenn dieser weggeschnitten, und mir jede solche Bestie entgegenrennen, und ich weder aus dem eingezogenen noch aufgerichteten Schwanze, da der ganze weggehackt ist, einen Schluß ziehen kann, ob das Vieh toll ist, oder nicht. So wird der gescheiteste Mann wütig und gebissen und scheitert bloß aus Mangel eines Schweifkompasses.« Der nachkommende blinde Passagier (er ließ sich jetzt als sehender einschreiben, Gott weiß zu welchen Endzwecken), spann vor mir meinen eigenen Satz, dem er zugehöret, fast bis ins Komische aus, und erregte zuletzt in mir den Verdacht, er mache durch eine, aber sehr starke Schmeichel-Nachahmung meines Sprechstils Jagd auf mich: »der Hundeschwanz, sagt er, ist wohl für uns Alarmstange und Irrenanstalt, damit man in keine komme, gleichsam die äußern Vorposten der Wut – man schneide den Kometen den Schwanz, den Bassen den Roßschweif, den Krebsen den ihrigen (denn ausgestreckter bedeutet krepierte) ab: so ist man in den gefährlichen Angelegenheiten des Lebens ohne Leitseil, ohne Avertisseur, ohne Hand in margine – und man kommt um, ohne vorher zu wissen wie.«

Übrigens lief diese Station ohne Zank und Not vorüber. Alles schlief gegen 10 Uhr ein, sogar der Postillion, außer ich. Ich stellte mich zwar schlafend, um zu beobachten, wer sich etwa aus guten Gründen nur schlafend stelle; aber alles schnarchte fort, der Mond warf seine verklärenden Strahlen nur aufherabgesunkne Augenlider.

Herrlich konnt ich jetzt Lavaters Rat befolgen, an Schlafende vorzüglich die physiognomische Elle anzusetzen, weil der Schlaf wie der Tod die echte Form gröber ausprägt. Andere Schläfer außerhalb der Postkutsche würd ich mit gedachter Elle weniger auszumessen raten, immer in einiger Besorgnis bleibend, daß etwa ein Kerl, der sich nur schlafend stellte, sogleich als ich nahe genug stände, wie im Traume aufspränge, und dem physiognomischen Meßkünstler in die eigne Gesichtsbildung einen so hinterlistigen Fauststreich versetzte, daß sie in keinem physiognomischen Fragmente, weil sie selber eines geworden, mehr florieren könnte, weder in punktierter Manier, noch in geschabter. Und kann denn nicht der ehrlichste Schläfer von der Welt, eben während ihr über dessen physiognomische Leichenöffnung her seid, losschlagen, von der Ehre in einem Prügeltraume angehetzt, und euch vielleicht mit wenigen Handgriffen und Fußtritten in einen viel ewigern Schlaf einwiegen als der gewesen, woraus er aufgefahren?

In meinem sogenannten silhouettierenden Schattenspiele kommt der Gesichterinhalt der schlafenden Postkutsche selber vor, erst darin werde ich euch breit belegen, warum mir der Giftträger mit der Mordkuppel teuflisch erschienen – der Zwerg altkindisch – die Hure matt-, und schlaff-frech – mein Schwager ruhig-gesättigt von Rache oder von Essen – der Legationsrat Jean Pierre aber, Gott weiß warum, als ein halber Engel, wiewohl er sich denken läßt, der halbe Engel, da nur der schöne Körper, nicht die andere im Schlaf vergangene Hälfte, die Seele, vor mir wirkte.

Beinahe vergäß ich's, daß ich doch in einem Dörfchen, während beide Schwäger, der Dragoner und der Postillion tranken, eine kleine Furcht glücklich bestanden, weil das Schicksal zweimal auf meiner Seite gewesen. Ich sah unweit eines Jagdschlosses neben einem schönen Baumklumpen eine weiße Tafel mit schwarzer Inschrift schimmnern. Dies ließ mich hoffen, daß mich dort ein kleines Sarg-Kunstwerk, ein Ehrenpfahl, irgend ein Treff-, Zier- und Spießdank für einen Toten erwarte. Auf einem unbetretenen blumigen Gewinde gelang ich vor dem schwarz auf weiß an, und lese im Mondschein mit Entsetzen: jedermann wird hier vor dem Selbstschuß gewarnt! So stand ich also vielleicht einen Fußzehennagel breit von dem Büchsenhahn, womit ich, wenn ich die Ferse rückte, mich selber als einen verblüfften Stocknarren und Ladstock in die andere Welt, unter die Seligen hinein schoß. Ich suchte vor allen Dingen mich mit den Fußnägeln in den Boden wie einzubeißen und einzufressen – weil ich wenigstens so lange am holden Leben bleiben konnte, als ich mich fest pflöckte neben der da liegenden Atropos-Scheere und Henkerbühne; – darauf wünscht ich, mich zu entsinnen, auf welchen Steigen der Teufel mich unerschossen herbeigeführt. Aber vor Angst hatt ich alles ausgeschwitzt, und wußte gar nichts, – im nahen Höllendorf war kein Hund zu ersehen und zu erschreien, der mich etwa aus dem Wasser hätte holen können, und die beiden Schwäger soffen selig. Indes ich faßte Mut und Entschluß – schrieb auf einem Pergamentblatte meinen letzten Willen so wie meine zufällige Sterbart nieder, und meinen Todesdank ans Bergelchen – und flog dann mit vollen Segeln auf geradewohl und geradeaus den kürzesten Weg hindurch, unter der Voraussetzung, mich bei jedem Schritte niederzuschießen und mir so mit eigner Hand auf mein noch langes Lebenslicht den

Bonsoir oder Lichttöter zu setzen. Aber ohne Schuß kam ich an. In der Schenke lachte freilich mehr als ein Narr über mich, weil, was nur ein Narr wissen konnte, die Warnungstafel schon seit zehn Jahren ohne Schüsse dageblieben, wie oft diese ohne jene. So aber stehts, ihr Freunde, mit unserer Jagdpolizei, die gegen alles warnt, nur nicht gegen Warnungstafeln.

Übrigens hatt ich fast auf der ganzen Station leichte Händel mit dem Postillion, weil er nicht von Viertelstunde zu Viertelstunde halten wollte, wenn ich ausstieg um zu pissen. Leider sind freilich von Postknechten keine Urinpropheten zu erwarten, da so selten Gelehrte aus Hallers großer Physiologie es wissen, daß Aufschieben der gedachten Sache teuflisches Steingut niederschlägt, und zuletzt den Inhaber selber, weil diese Steingrube seltener der Blasenschneider als der Tod mit einem Grabe schließt. Hätten Postknechte gelesen, daß Tycho de Brahe wie eine Bombe am Zerspringen starb: sie hielten lieber an; sie fänden bei solchen mir so unerwarteten Kenntnissen es vernünftig, daß ein Mann seinen Leichenstein zwar einmal auf sich, aber nicht in sich tragen will. Bin ich denn nicht sogar in Weimar oft aus den längsten Abschiedsauftritten Schillers mit Tränen in den Augen hinausgelaufen (bloß um, während seine Minerva mich im ganzen erweichte), nicht von deren Medusenkopf auf der Brust parziell versteinert zu werden? Und kam ich nicht ins weinende Komödienhaus zurück und fiel munterer in die allgemeine Rührung ein, weil ich dann nichts mehr zu erleichtern brauchte als mein Herz?

Sehr im Finstern kamen wir in Niederschöna an.

Als ich am Posthause, mit dem Auge auf meinen Mantelsack geheftet, in Gedanken dastehe: schmettert und schnaubt ein Vieh von Nachtwächter mir so nahe und unversehens mit seiner Nachttuba ins Ohr, daß ich ordentlich zurückspringe, ich, den schon jede heftig schnelle Anrede verdrießt. Gibt's denn keine medizinische Polizei gegen solche geblasene Stunden-Lärmfidibus und Lärmkanonen, durch welche doch keine knallenden entbehrlich werden? Eigentlich sollte niemand mit dem Nachtwächterhorne investieret werden, als ein vernünftiger Mann, der sich schon einen Bruch geblasen oder gehoben hätte und der imstande wäre, seinen Stundenvers so leise abzusingen, daß man nichts hörte.

Was ich längst erwartet und der Zwerg vorausgesagt, traf jetzt ein: aus der hohen Posthauspforte trat, tief sich bückend, der Riese heraus und hob im Freien eine unvernünftig große Statur und Ditokopf mit der ellenhohen Mütze und Feder empor; mein Schwager ihm zur Seite schien nur sein vierzehnjähriger Sohn zu sein, und der Zwerg gar sein auf zwei Beinen aufwartendes Schoßhündchen. »Lieber Freund, sagte mein neckender Schwager, der ihn an mich und die Postkutsche geleitete, steig er ruhig ein, wir machen ihm sämtlich gern Platz. Kremp er sich nur recht zusamnmen, und leg er den Kopf aufs Knie: so geht's.« Der unnütze Necker hätte so gern den fast einfältigen Giganten – dem er's bald abgemerkt, daß dessen Gehirn kein schlauer Gast, sondern die negative Größe seines Rumpfes war – unter uns im bangen Postschrank und Notstall vor sich gesehen zu einem

Giespuckel eingeknüllt, und krumm geschlossen. »Giht doch nit! Giht gar nit« sagte der Riese, als er hineinsah. »Der Herr Soldat wissen vielleicht nicht, versetzte der Zwerg, wie groß ein Riese ist; und er denken, weil ich hineingehe. – Aber das ist ein anderes Loch. – Ich will überall hineinpassen, man sage mir nur wo.« –

Kurz es war kein Ausweg für den Postmeister und den Riesen, als daß sich dieser hinten auf das Passagier-Warenlager stellte und setzte, sich als eine Tränenweide herüberbeugend über den ganzen Kutschenkasten. Mich selber konnte ein solcher Rückenwind und Rückhalt nicht außerordentlich ergötzen; und ich traue (hoff ich) jedem von euch, ihr Freunde, zu, daß er hinter einem solchen Rückendekret so gut und so hell wie ich überschlagen hätte, was ein Kerl und Riese hinter ihm, ein Nachfahrer in allerlei Sinne etwa Mordendes probieren könne, es sei nun, daß er durch das Rückenfenster des Wagens einbräche und angreife oder sich überhaupt mit Titanenmacht oben über den Kutschenhimmel hermache. Indes fing der oben mit gekreuzten Armen auf dem Kasten liegende Elephant – der aber von seinem Gleichnis mehr die drückende Masse als das fliegende Geisteslicht zu haben schien – bald zu schlafen und zu schnarchen an; ein Elephant, wovon (wie ich immer froher einsah) mein Schwager der Dragoner leicht der Kornak und Bändiger sein konnte, ja schon gewesen war.

Da jetzt mehr als eine Person schlafen wollte, aber (mit Recht) ich hingegen wachen: so bot ich gern meinen Fahr-Ehrensitz, den Vordersitz (auch um manchen Neid der Passagiere zu tilgen) solchen Personen an, die auf ihm ein wenig schlummern wollten. Der Legationsmann ergriff das Anerbieten und den Lehnpolster mit Hast, und entschlief an der Rücklehne des Titans hinter ihm. Etwas unbegreiflich blieb mir dergleichen Postschlaf von einem diplomatischen Chargé d'affaires. Ein Mann, der so mitten unter einer blutfremden, oft blutdürstigen Genossenschaft entschläft, kann ja, wenn er im Schlummer und Wagen spricht (denkt nur alle an den sächsischen Minister vor dem siebenjährigen Kriege!) hundert Geheimnisse, tausend Schandtaten herausstoßen, die er kaum verübt hat. Sollte nicht jedem Minister, Gesandten oder andern Mann von Ehre und Stand ordentlich grausen vor Tollwerden oder hitzigen Fiebern, da ihm kein Mensch dafür steht, daß er nicht darin mit den größten Skandalen herausfährt, wovon vielleicht die Hälfte Lügen sind? –

Endlich nach der langen Juliusnacht kamen wir Passagiere samt der Aurora vor Flätz an. Ich sah scharf und weich nach den Turmspitzen; ich glaube, daß jeder Mensch, der in einer Stadt etwas entscheidendes zu suchen hat, und dem sie entweder ein Richtplatz seiner Hoffnungen oder deren Ankerplatz, entweder Schlacht- oder Zuckerfeld wird, sein Auge am ersten und längsten auf die Türme der Stadt, als auf die Zeigefinger und Züngelchen seiner Zukunftswage heftet; gleichsam architektonische Berge, welche, wie die natürlichen, die Thronen unserer Zukunft sind. Als ich mich damit zu dichterisch gegen Jean Pierre herausließ: so antwortete er geschmacklos genug: »Die Türme solcher Städte sind ja die Alpenspitzen, worauf wir den Alpenkäse unserer Zukunft suchen und melken.« Wollte der Legationspeter mit diesem Stile mich lächerlich machen, oder nur sich? – Entscheidet!

»Hier ist der Ort, die Stadt, sagt ich heimlich zu mir, wo heute viel und über Zukünfte entschieden wird, wo du diesen Abend um fünf Uhr deine Bittschrift und halb dich selber übergibst; – geh es doch gut! Geh es herrlich! Werde Flätz, dieser Waffenplatz deiner kleinen Bestrebungen, zugleich die Baustelle von Lust- und Luftschlössern zweier Herzen, des deinigen und des weiblichen!«

Im Gasthofe zum Tiger stieg ich ab.

Erster Tag in Flätz.

Kein Mensch wird sich anfangs in meiner Tigerhotels-Lage stark enthusiasmieren über die nächsten Aussichten. Ich als der einzige mir bekannte Mensch, besonders von der Seite der Liebe (vom abgehenden Dragoner nachher!) sah aus den Fenstern des mit Marktgästen sich vollstopfenden Gasthofs heraus und auf das Nachströmen des Marktheeres hernieder und konnte sehr bald bedenken, daß eigentlich niemand als Gott und die Spitzbuben und Mörder genau wußten, wieviel von beiden letztern darunter mit einschwämmen, um vielleicht die unschuldigsten Marktgäste teils zu enthülsen, teils zu enthalsen. Meine Lage hatte etwas gegen sich – mein Schwager hatte, weil er alles blind herausschlägt, es fallen lassen, daß ich im Tiger abstiege – (o Gott, wann lernen solche Menschen geheimnisreich bleiben, und auch den elendesten Bettel des Lebens unter Deckmänteln und Schleiern bloß deshalb zu tragen, weil so oft eine lausige

Maus einen Eis- und Golgathaberg gebiert als ein Berg eine Maus?) Sämtliches Postgesindel saß sämtlich im Tiger ab – die Hure – der Kammerjäger – Jean Pierre – der Riese, der schon am Stadttore ausstieg und den Großkopf des Zwergs als eignen Kopf durch Mantel-Bemäntelung über die Straßen trug, damit er um einen halben Zwerg gratis riesenhafter erschiene als er eigentlich für Geld zu sehen war. – –

Es kam nun auf jeden ausgestiegenen Passagier an, ob er zum Tiger, dem Wappentiere des Gasthofs, den Prototypus machen, und welches Lamm er dann fressen, aussaugen, abrupfen wollte. Auch mein Schwager verließ mich, um einem Roßtäuscher nachzuziehen, behielt aber für seine Schwester sein Zimmer neben meinem; dies sollte, wie es schien, Aufmerksamkeit für sie verraten. Ich blieb einsam meiner Tatkraft überlassen.

Gleichwohl dacht ich unter so vielen Spitzbuben, die mich umzingelten, wenn nicht gar belagerten, warm an eine ferne, redliche Seele, an meine Berga in Neusattel, ein Mark- und Kraftherz, das vielleicht manchem schwachen Ehebündner mehr Schutz gewähren, als verdanken würde. Erscheine nur morgen mittags recht bald, Berga, sagte mein Herz, und womöglich noch vormittags, damit ich dein Jahrmarkt-Paradies um so viele Stunden länger ausdehne, als du um frühere anlangst!

Ein Geistlicher läuft mitten im Weltsturm leicht in einen Freihafen ein, in die Kirche; die Kirchenmauer ist seine Schießhausmauer und Fortifikation; und darhinter sitzen gleichergestimmte und friedlichere Seelen beisammen als auf dem Marktplatz – kurz ich ging in die Hofkirche. Inzwischen wurde ich in meiner Liederandacht ein wenig verrückt durch einen Heiducken, der einem wohlgekleideten jungen Herrn mir gegenüber die Doppellorgnette von der Nase abriß, weil in Flätz sowie in Dresden, Gläser, die verkleinern und nähern, gegen den Hof verstoßen; ich hatte zwar selber eines aufgesetzt, aber es vergrößerte. Ich konnte mich unmöglich dahin bringen die Brille abzunehmen, und ich werde hier, fürcht ich, wieder als Starrkopf und Waghals aussehen, bloß dies hielt ich für schicklich, in einemfort mit ihr ins Gesangbuch zu blicken, und nicht einmal, da der Hof einrauschte, aufzuschauen, um Winke zu geben, daß sie erhaben geschliffen. – Die Predigt übrigens war gut, wenn auch nicht immer fein bedacht, für eine Hofkirche; denn sie mahnte von unzähligen Lastern ab, zu deren Widerspielen, den Tugenden, ein anderer Prediger so leicht hätte ermahnen können! Unter dem ganzen Gottesdienste trachtete ich, wahre tiefe Ehrerbietung an den Tag zu legen, sowohl gegen Gott, als gegen meinen erhabnen Landesherrn. Zur letztern Ehrerbietung hatte ich noch meinen Privatgrund, ich wollte solche nämlich recht öffentlich und stark wie mit erhabnen Schriftpunzen auf meinem Gesicht ausprägen, um irgend einen eingefleischten Schadenfroh am Hofe Lügen zu strafen, der etwa meine neuliche Widerlegung von Linguets Lob auf Nero und meine deutsche freie Satire auf diesen wahren Tyrannen selber, die ich ins Flätzische Wochenblatt eingeschickt, möchte zu einem heimlichen Charaktergemälde meines Fürsten umzudrehen beliebet haben. Leider kann man jetzt kaum auf den höllischen Teufel selber eine Stachelschrift abfassen, ohne daß irgend ein menschlicher sie auf einen Engel appliziert.

Als endlich der Hof aus der Kirche in den Wagen stieg, hielt ich mich in solcher Entfernung, daß mein Gesicht unmöglich wäre zu sehen gewesen, falls ich etwa in der Nähe kein ehrerbietiges sondern ein zu stolzes gezogen hätte. Gott weiß, wer mir allein jene toll-kecken Phantasien und Gelüste eingeknetet hat, die vielleicht einem Helden Schabacker mehr anständen als einem Feldprediger unter ihm. Ich kann hier nicht umhin, eine der frechsten euch, meinen Freunden, zu vertrauen, würfe sie auch anfangs ein zu grelles Licht auf mich. Es war bei meiner Ordination zum Feldprediger, als ich zum heil. Abendmahle ging am ersten Ostertag. Während ich nun so da stand, weich bewegt vor dem Altargeländer mit der ganzen Männergemeinde – ja, ich vielleicht stärker gerührt, als einer darunter, weil ich als ein in den Krieg Ziehender mich ja halb als einen Sterbenden betrachten durfte, der nun wie ein zu Henkender die letzte Seelenmahlzeit empfängt – so warf in mir, mitten in die Rührung von Orgel und Sang, etwas, – sei es nun der erste Osterfeiertag gewesen, der mich auf das sogenannte alte christliche Ostergelächter brachte, oder der bloße Absicht teuflischer Lagen gegen die gerührtesten – kurz etwas in mir (weswegen ich seitdem jeden Einfältigern in Schutz nehme, der sonst dergleichen dem Teufel anschrieb!) – dies etwas warf die Frage in mir auf: »gäb es denn etwas höllischers, als wenn du mitten im Empfange des heil. Abendmahls verrucht und spöttisch zu lachen anfingest?« Sogleich rang ich mich mit diesem Höllenhund von Einfall herum – versäumte die stärksten Rührungen, um nur den Hund im Gesichte zu behalten, und abzutreiben – kam aber von ihm abgemattet und begleitet vor dem Altarschemel mit der jammervollen Gewißheit an, daß ich nun in kurzem ohne weiteres zu lachen anfangen würde, ich möchte innen weinen und stöhnen wie ich wollte. Als daher ich und ein sehr würdiger alter Bürgermeister uns mit einander vor dem langen Geistlichen verbeugten und letzterer mir (vielleicht kam er mir auf dem niedrigen Kniepolster zu lang vor), die Oblate in den klemmen Mund steckte: so spürt ich schon, daß an den Mundwinkeln alle Lachmuskeln sardonisch zu ziehen anfingen, die auch nicht lange an der unschuldigen Gesichtshaut arbeiteten, als schon ein wirkliches Lächeln darauf erschien – und als wir uns gar zum zweiten Male verneigten, so grinste ich wie ein Affe. Mein Nebenmann, der Bürgermeister, redete ganz mit Recht, als wir hinter den Altar um gingen, mich leise an: »Um Gottes willen, sind sie ein ordinierter Prediger oder ein Pritschenmeister? – Lacht denn der lebendige Gottseibeiuns aus ihnen?« – »Ach, Gott! wer denn sonst?« sagt ich; erst nachher bracht ich meine Andacht ernsthafter zu Ende.

Aus der Kirche – (ich komme wieder in die Flätzer) – ging ich in den Gasthof zum Tiger, und aß an der Wirtstafel, weil ich nie menschenscheu bin. Vor dem zweiten Gerichte reichte mir der Kellner einen leeren Teller, worauf ich zu meinem Erstaunen einen französischen Vers mit der Gabel eingekratzt erblickte, der nichts geringeres enthielt als ein Pasquill auf den Kommandanten von Flätz. Ohne Umstände bot ich den Teller der Tischgesellschaft hin und sagte, ich hätte das pasquillantische Geschirr, wie sie sehen, eben bekommen, und bäte sie zu bezeugen, daß der Handel mich nichts angehe. Ein Offizier wechselte sogleich mit mir Teller. Bei dem fünften Gerichte durft ich mich über die chemisch-medizinischen Unkenntnisse der Tischgesellschaft verwundern, indem ein Hase, aus welchem ein Herr mehrere Schrotkörner, das heißt also ein mit Arsenik versetztes und durch den warmen Essig nun aufgelöstes Blei, öffentlich herausgezogen und vorgezeigt hatte, von den Zuschauern (mich ausgenommen) lustig fortgespeiset wurde.

Unter den Tischgesprächen faßte mich eines gewaltig bei meiner schwachen Seite, bei meiner Ehre. Es wurde nämlich der Gerichtsgebrauch der Residenz erzählt, daß ein unzüchtiges Mädchen jeden, wen eine solche Dirne dazu wähle, in den Vater ihres Wurms verkehren könne bloß durch ihr Eidwort. »Schrecklich!« – sagt ich, und mir stand das Haar zu Berg. – Auf diese Weise kann sich ja der erste beste Hausvater mit Frau und Kinder oder ein Geistlicher, der im Tiger logiert, von der ersten schlimmsten Aufwärterin, die er oder die ihn leider abends zufällig kennen lernen, um Ehre und Unschuld gebracht sehen? Ein ältlicher Offizier fragte: »soll denn aber das Mädchen sich lieber zum Teufel schwören?« Welche Logik! – Oder gesetzt, fuhr ich ohne Antwort fort, ein Mann reiset mit jenem Wiener Schlossergesellen, der nachher Mutter wurde, und mit einem Söhnchen niederkam, oder mit irgend einem verkleideten Ritter d'Eon, mit dem er häufig übernachtet, und der Schlossergeselle oder der Ritter dürfen dann ihre Beilager beeidigen: so kann ja kein zarter Mann zuletzt mehr mit einem andern reiten und fahren, weil er nicht weiß, wann dieser die Stiefel auszieht und die Weiberschuhe an, und ihn dann zum Vater schwört und sich zum Teufel?

Aber einige von der Tischgesellschaft vergriffen sich in meinem Kanzelfeuer so sehr, daß sie schafmäßig zu glauben andeuteten: ich selber sei in diesem Punkte nicht richtig, sondern lax. Beim Himmel! ich wußte da nicht mehr, was ich fraß und sprach. Zum Glücke wurde mir gegenüber eben die Lüge irgend einer französischen Niederlage ausgesagt, da ich nun an den Straßenecken die französische und deutsche Proklamation angesehen, welche jeden, der Kriegsberichte – nämlich nachteilige – anhört, ohne sie anzuzeigen, vor das Kriegsgericht bestellt: so konnt ich als ein Mann, der sich nie gern vergessen will, wohl nichts klügeres tun als davon gehen mit leeren Ohren und nur dem Wirte rapportieren warum.

Es war keine unrechte Zeit, denn absichtlich um 4½ Uhr wollt ich mir den Bart scheren lassen, um gegen fünf so recht mit einem vom Barbiermesser-Glättzahn geleckttem Kinn wie glattes Velinpapier, ohne Wurzelstöcke vom Kinnhaare (Barthaar ist Pleonasmus) auf- und vorzutreten. Vorher goß ich, wie Pitt vor Parlamentsitzungen, verdammt viel Pontak mit wahrem Ekel in meinen Magen hinunter gegen jede Heillehre und Sperrordnung desselben, nicht sowohl um den leichten, fremden Bartputzer zu bestehen, als den Ministergeneral Schabacker, mit welchem ich eines und das andere Feuerwort zu wechseln vorhatte.

Es kam der gewöhnliche Fremdenbarbier des Hotels, hatte aber sogleich in seinem viellinigen ausgezackten Gesichte mehr von einem endlich tollwerdenden, als von einem weiser werdenden Manne an sich. Tolle nun haß ich unglaublich, und bin daher in kein Tollhaus zu bringen, weil da der erste beste Wütige mich mit Riesenfäusten erschnappt, wenn er mag, und weil ich überhaupt der Ansteckung wegen nicht weiß, ob ich wieder mit dem Verstande herauskomme, den ich hinein trage. – Gewöhnlich sitz ich (bin ich eingeseift) dergestalt auf dem Stuhle, daß ich beide Hände (den Blick spann ich scharf gegen das barbierende Gesicht) auf den Schenkeln dem Zwergfell des Barbiers gegenüber schlagfertig liegen habe, um ihn bei der kleinsten zweideutigen Bewegung wie wütig umzustoßen.

Ich weiß kaum recht, wie es zuging, aber indes ich mich ins närrisch-gewundene Gesicht des Bartputzers vertiefe und da er eben das langgewetzte Schlachtmesser etwas vorschnell gegen meine entblößte Gurgel führte: so gab ich dem Feld- und Bartscherer einen so plötzlichen Stoß auf den Nabel, daß der Mann sich im Fallen bald selber selbstmörderisch die Gurgel abgeschnitten hätte. Mir blieb freilich nichts davon als Gutmachungen und eine gegen meine sonstigen Grundsätze umgebundene geschwollne Krawatte als Deckmantel dessen, was ungeschoren geblieben.

Jetzt brach ich denn endlich zum General auf, und trank die Pontaksreste noch unter der Schwelle aus. Ich hoffe, in mir lagen Pläne fertig, richtig zu antworten, ja zu fragen. Das Bittschreiben hatt' ich in der Tasche, und in der rechten Hand. In der linken hatt' ich dessen Duplikat. Mein Feuer half mir leicht über alle ministeriellen lebendigen Zäune hinüber, und ich befand bald mich unverhofft im Vorzimmer unter seinen vornehmsten Lakaien, die, so viel ich merkte, nichts verpassen sollten. Ich überreichte dem Ansehnlichsten meine papierne Bitte mit der mündlichen, sie seinerseits zu überreichen. Er nahm sie, aber unverbindlich. Ich wartete tief in die Stunde 6 Uhr hinein vergeblich, worin allein dem frohen Generale manches vorzutragen ist. Endlich erseh ich einen Stief- oder Duzbruder des vorigen Lakaien, und wiederhole mein Gesuch; dieser rennt umsonst umher, um Bruder oder Schreiben zu suchen – nichts war zu finden: – wie glücklich war ich, daß ich das Duplikat der Bittschrift mitten im Pontak vor dem Rasieren mir wieder abgeschrieben, und also – bloß aus dem Grundsatz, daß man immer ein zweites hölzernes Bein im Mantelsack eingepackt haben müsse, wenn man ein erstes am Leibe habe – und aus der Furcht, daß, wenn mir das Urschreiben auf dem Wege vom Tiger zum Schabacker verloren ginge, meine ganze Reise und Hoffnung zu Wasser werden müßte. – Dies, sag ich, war gut, daß ich das Repetierwerk des Urschreibens eingesteckt hatte, und folglich in jedem Falle etwas, und zwar ein dito einzuhändigen vermochte. Ich händigte dasselbe ein.

Leider nur war schon sechs Uhr vorbei. Der Lakai aber blieb nicht lange aus, sondern brachte mir bald – ich möchte sagen den Predigttext dieses Zirkelbriefes – die fast rohe Antwort (die ihr, Freunde, aber aus Achtung für mich und Schabacker geheim zu halten habt): falls ich der Attila Schmelzle beim Schabackerschen Regiment wäre, so möcht ich mich nur mit meinem Hasenpanier wieder zum Teufel scheren, wie ich bei Pimpelstadt getan.« Ein anderer wäre auf dem Platze geblieben; ich aber ging ganz derb davon, und versetzte dem Kerl: »ich schere mich auch willig zum Teufel, und schere mich den Teufel darum.« Unterwegs untersucht ich mich selber, ob nicht etwa der Pontak aus mir gesprochen, – wiewohl schon die Untersuchung widerspricht, da kein Pontak untersucht – aber ich fand, daß nur ich, mein Herz, vielleicht mein Mut etwas gesprochen; und wozu denn überhaupt Kleinmut, da das Vermögen meiner guten Frau mich ja besser besoldet als zehn katechetische Professuren, und da sie alle Ecken meines Buchs des Lebens mit so viel goldnen Beschlägen versieht, daß ich es, ohne es abzunützen, immer aufschlagen kann? – Schwangere mögen bei Schrecken an den Hintern greifen, um das Muttermal des Versehens dorthin zu verstecken; ich griff bei dem Mute ans Herz, und sagte: »schlage dich nur tapfer durch! wer auch dabei geschlagen werde!« Ich fühlte mich ganz erhoben und erhitzt – ich dachte mir Republiken, wo ich als Held nach Hause kommen könnte – ich sehnte mich in jene heroischen Griechenzeiten hinein, wo ein Held vom andern Prügel gern einsteckte, und sagte: schlage nur, aber höre mich, und aus unseren feigen heraus, wo man kaum Schimpfworte aushält, geschweige mehr – ich malte mir es aus, wie ich mich fühlen würde, wenn ich in glücklichern Umgebungen Afterthrone umwürfe und vor ganzen Völkern auf Großtaten wie auf Tempelstufen unsterblich aufstiege und in gigantischen Zeiten ganz andere und größere Männer zu übermannen und zu übertreffen fände als jetzt den Milbenpöbel um mich her und höchstens den einen und den andern Vulkanello. Ich dachte – und machte mich immer wilder und ich selber berauschte mich (also kein Pontakrausch, der bekanntlich mehr durch als ohne Trinken wächst), und gestikulierte öffentlich – als ich mich fragte: »willst du ein bloßer Staatsschoßhund werden – ein Hundshund – ein pium desiderium eines impii desiderii – ein Er-Er – ein

Nichts-Nicht? – – O Sackerment!« Darüber stieß ich mir aber meinen Hut in den Marktkot. Da ich ihn aufhob und säuberte, sah ich überall, wie verschossen er war, und entschloß mich sogleich einen neuen zu kaufen und anfangs selber zu tragen in der Hand.

Ich vollzog's und erhandelte einen vom feinsten Kaliber. Sonderbar durch diesen Hut, als wär's ein Magisterhut, wurde in der Ziegengasse ordentlich mein Kopf geprüft und examiniert. Da nämlich der General Schabacker darin daher fuhr, und ich (wie sich wohl von selber versteht) mich nicht durch gemeine Grobheit, sondern durch Höflichkeit rächen wollte: so bekam ich eine der kitzlichsten Aufgaben zu lösen vor. Schwenkt ich nämlich bloß den feinen Filz, den ich schon in der Hand trug, behielt aber den verschossenen auf dem Kopfe: so konnt ich einem Grobian von Haus aus ähnlich sehen, der nichts abzieht, zog ich hingegen den alten vom Kopfe und hofierte damit: so spielten zwei Filze auf einmal (ich mochte nun den andern mitbewegen oder nicht) die Sache ins Lächerliche. Nun stimmt doch ab, ihr Freunde, eh ihr weiter leset, wie man sich hier herauszuziehen hätte, ohne den Kopf zu verlieren! ... Ich glaube vielleicht dadurch, daß man bloß den Hut verliert; kurz und gut, ich ließ eben geradezu den Putzhut aus der Hand in den Kot fallen, um mich in Stand zu setzen, den Sudelhut einsam abzunehmen und mit nötiger Höflichkeit zu schwenken ohne einen Anstrich von Lächerlichkeit.

Im Tiger ließ ich – um etwas schließen zu lassen – den brillantierten Fein-Fein-Fein-Filz früher ausbürsten als den Kotsassen- oder Chartekenhut.

Nun ging ich, meine wichtige Vergangenheit in der

Adjustier- und Probierwage tragend, feurig auf und nieder. Der Pontak mußte – ich weiß wohl, daß es hienieden nur unechten gibt – ein noch unechterer gewesen sein; so sehr jagte er meine Phantasie in ein Feuer nach dem andern. Ich sah jetzt in ein weites glänzendes Leben hinein, wo ich ohne Amt lebte bloß von Geld; und das ich gleichsam mit den delphischen Höhlen und zenonischen Gängen und Musenbergen aller der Wissenschaften übersäet sah, die ich ruhig treiben konnte. Besonders konnte ich mich mehr auf Preisschriften bei Akademien legen, deren (nämlich der Schriften) sich kein Urheber jemals zu schämen braucht, weil eine ganze krönende Akademie in jedem Falle für den Koronanden steht und errötet. Schießt auch der Preiswerber neben der Krone vorbei, so bleibt er doch stets unbekannter und anonymer (da man seine Devise nicht entsiegelt) als ein anderer Autor, der zwar namenlos ein Langohr von Buch ediert, den aber doch bald ein literarisches Eselbegräbnis (sepultura asinina) öffentlich vor der halben Welt einsenkt.

Nur etwas dauerte mich voraus, das Leid meiner Berga, welcher ich morgen, der lieben Müdegereisten, die Ankunft und die abgekürzte Marktschau mit meiner abschlägigen Nachricht versalzen mußte. Sie wollte so gern in Neusattel – und wer verübelt's einer reichen Pächterstochter – etwas vorstellen, und manche Honoratiorin ausstechen. – Jeder Mensch verlangt sein Paradeplätzchen, und eine frühere lebendigere Ehre, als die letzte Ehre. – Besonders will eine so gute niedriggeborne, sich vielleicht mehr ihres metallischen, als ihres geistigen Schatzes und Tilgungsfonds bewußt, doch bei Ehrengelagen Meisterin von irgend einem Stuhl oder Stühlchen sein, und über die erste beste dumme gerupfte Gans loci hinaufsitzen.

Dazu sind nun Ehemänner so unentbehrlich. Ich nahm mir daher vor, mir und folglich ihr, einen der besten Titel, womit die Höfe in Deutschland, (gleichsam wie in einem Auerbachshof in Leipzig) vom Adel und Halbadel an bis zum Rate herunter in einem fort feil stehen, und dieser geadelten Seele durch meinen Viertelsadel einen solchen Achtelsadel zuzuspielen, daß (hoff ich) manche gemeine nebenbuhlerische Neusattlerin vom Neide halb geborsten sagen soll: »ei du dummes Pachtersding! Seht doch, wie das schwänzelt und wedelt! Es denkt nicht daran, was es mit ihm wäre, wenn es keinen Geldsack und keinen Hofrat hätte!« – Denn Letzteres nämlich müßt ich etwa vorher geworden sein.

Aber ich sehnte mich in der kalten Einsamkeit meines Zimmers und im Feuer meiner Erinnerungen unbeschreiblich nach dem Bergelchen – ich und mein Herz waren müde vom fremden treibenden Tage – niemand um mich her sagte mir ein gutes Wort, das er nicht in die Wirtsrechnung zu bringen verhoffte. – Freunde, ich schmachtete nach der Freundin, deren Herz gern das Blut zum Balsam für ein zweites vergießt – ich verfluchte meine überklugen Maßregeln, daß ich nicht, um die Gute sogleich mit mir zu nehmen, lieber das dumme Hauswesen allen Spitzbuben und Feuerschäden preisgegeben. – Im Auf- und Abgehen ward es mir immer leichter alles zu werden, jeder Kammerrat, Akzisrat, anderer Rat, und was sie nur befahl, wenn sie ankäme.

»Mach dir nur einen guten Tag in der Stadt!« sagte Bergelchen diese ganze Woche hindurch. Aber wie ist einer ohne sie zu machen? Unsere Trauertränen trocknen auch Freunde ab und begleiten sie mit eigenen; aber unsere Freudentränen finden wir am leichtesten in den Augen unserer Frauen wieder. – Verzeiht, Freunde, diese Libationen meiner Rührung – ich zeig euch nur mein Herz und meine Berga. – Bedarf ich eines Ablaßkrämers, so nehmt den Pontakkrämer dazu.

Erste Nacht in Flätz.

Gleichwohl nahm mir der Wein die Besonnenheit nicht, vor dem Bettgehen unter das Bette zu sehen, ob jemand darunter lauere, z. B. die Hure, der Zwerg, oder der Legationsrat, ferner den Schlüssel unter den Türdrücker (die beste Sperrordnung unter allen) zu schieben, dann zum Überflusse meine Nachtschraube in die Türe einzubohren und endlich davor noch die Sessel übereinander zu bauen, und Beinkleider und Schuhe anzubehalten, weil ich durchaus nichts besorgen wollte.

Ich hatte aber noch andere Sachen des Nachtwandels wegen abzutun. Mir war's überhaupt von jeher unbegreiflich, wie so viele Menschen zu Bette gehen, und darin gesetzt liegen können, ohne zu bedenken, daß sie vielleicht im ersten Schlafe sich aufmachen als Nachtwandler, und auf Dächer hinauskriechen und irgendwo erwachen, wo sie den Hals brechen, und den Rest. Ja es wäre mir schon Gefahr genug, wenn ein unbescholtner Mann, ein Feldprediger, im eigenen Bette einschliefe und etwa auf den Seidenpolstern im Schlafgemache der vornehmsten Dame in der Stadt aufwachte, von der er vielleicht sein Glück erwartet. Bin ich zuhause, so wag ich wenig mit Schlaf; – weil ich, da meine rechte Fußzehe jede Nacht mit einem drei Ellen langen Wickelbande (ich nenn es scherzend unser eheliches Band), an die linke Hand meiner Frau angeschlungen wird, die Gewißheit habe, daß ich, falls ich aus dem Bettarrest herausginge, mit dem Sperrstrick sie wecken und ich folglich von ihr als meinem lebendigen Zaum an der Nachtschnur wieder ins Bett würde zurückgezogen werden. Im Gasthof aber konnt ich nichts tun als mich einige Male an den Bettfuß schnüren, um nicht zu wandern; obgleich alsdann einbrechende Spitzbuben neue Not mitbringen konnten. Ach, so gefährlich ist alles Schlafen, daß leider jeder, der nicht auf dem Rücken wie ein Leichnam da liegt, besorgen muß, mit dem Ganzen schlafe auch ein oder das andere Gliedmaß, ein Fuß, ein Arm, ein, und dann kann das entschlummerte Glied – da es in der medizinischen Geschichte gar nicht daran an Exempeln fehlt – am Morgen zum amputieren gereift daliegen. Deshalb laß ich mich häufig wecken, damit nichts einschläft.

Als ich an den Bettpfosten gut angebunden, und endlich unter die Bettdecke gekommen war: wurde ich wegen meiner Pontaks Feuertaufe aufs neue bedenklich und furchtsam vor meinen zu erwartenden Kraft- und Sturmträumen – welche leider nachher auch nichts bessers wurden, als Helden- und Potentaten-Taten, Festungsstürme, Felsenwürfe; – noch aber seh ich wenig diesen Punkt ärztlich beherzigt. Medizinalräte und ihre Kunden strecken sich alle ruhig in ihren Betten aus, ohne daß nur einer von ihnen befürchtet oder untersucht, ob ihm ein wütiger Zorn (zumal wenn er schnell darauf kalt säuft im Traum), oder ein herzzerreißender Harm, was er alles in den Träumen erleben kann, am Leben schade oder nicht. Wär ich, ich bekenn es, eine Frau, und mithin weiblich-furchtsam, zumal in guter Hoffnung, ich würd in letzterer über die Frucht meines Schoßes in Verzweiflung sein, wenn ich schliefe, und folglich im Traum alle die von medizinischen Polizeien verbotenen Ungeheuer, wilden Bestien, Mißgeburten und dergleichen zu Gesicht bekäme, wovon eine ausreicht (sobald die bestätigte Lehre des Versehens wahr bleibt), daß ich Kreisende mit einem elenden Kinde niederkäme, das ganz aussähe, wie ein Hase, und voll Hasenscharten dazu, oder das eine Löwenmähne hinten hätte, oder Teufelsklauen an den Händen, oder was sonst noch Mißgeburten an sich haben. Vielleicht wurden manche Mißgeburten von solchen Versehen in Träumen gezeugt.

Nachts kurz vor 12 Uhr erwacht ich aus einem schweren Traum; um eine für meine Phantasie zu geisterhafte Geistergeschichte zu erleben. Mein Schwager, der sie mir eingebrockt, verdient für seine ungesalzene Kocherei, daß ich ihn euch als den Braumeister des schalen Gebräues ohne Schonen nenne. Wäre Argwohn mit Unerschrockenheit verträglicher: so hätte ich vielleicht schon aus seinem Sittenspruche über dergleichen unterwegs, sowie aus dem Fortbehalten seines Nebenzimmers, an dessen Mitteltüre mein Lager stand, leicht alles geschlossen. Mir war nämlich als würd ich angeblasen von einem kalten Geisteratem, den ich auf keine Weise aus den entfernten und versperrten Fenstern herzuleiten vermochte; – worin ich's denn auch traf, denn der Schwager hat ihn aus einem Blasebalg durchs Schlüsselloch eingeschickt. Alles Kalte bringt in der Nacht auf Todes- und Geisterkälte. Ich ermannte mich aber und harrte – nun fing gar das Deckbette an, sich in Bewegung zu setzen – ich zog es an mich – es wollte weiter – behend setz ich mich plötzlich im Bette auf, und rufe: was ist das? – Keine Antwort, überall Stille im im Gasthof – das ganze Zimmer voll Mondschein. – Jetzt hob sich mein Zugpflaster, das Deckbette, gar empor und luftete mich, wobei mir war wie einem, von dem man ein Pflaster schnell abhebt. Nun tat ich den Rittersprung aus dem Teufelstorus, und zersprengte springend mein Nachtwandlerleitseil. »Wo ist der dumme Menschennarr, rief ich, der die erhabne unsichtbare Geisterwelt nachäfft, die ihm ja auf der Stelle erscheinen kann? – Aber an, über, unter dem Bette war nichts zu hören und zu sehen. Ich schauete zum Fenster hinaus; überall geisterhaftes Mondlicht, und Straßenstille und nichts bewegte sich als (wahrscheinlich vom Winde) auf dem fernen Galgenberg ein Neugehenkter.

Jeder andere hätt es so gut für Selbsttäuschung gehalten als ich; daher wickelte ich mich wieder in mein passives lit de justice und Luftbette ein, darin erwartend, in wie fern ich an Erschrecken erkalten sollte oder nicht.

Nach einigen Minuten fing das Deckbette, der teuflische Faustmantel, sein Fliegen und Schiffziehen (ich allein war der Verurteilte) wieder an, der Abwechslung wegen hob auch wieder der unsichtbare Bettaufhelfer empor. Verfluchte Stunde! – Ich möchte wissen, ob es im ganzen gebildeten Europa einen gebildeten oder ungebildeten Menschen gäbe, der bei so etwas nicht auf Geisterteufeleien verfallen wäre; – ich verfiel darauf, unter der (sich selber) fahrenden Habe des Deckbettes, und dachte, Berga sei Todes verfahren, und fasse nun noch geistig mein Bette. Dennoch konnt ich sie nicht anreden, so wenig als den Teufel, der hier einspielen konnte, sondern ich wandte mich bloß an Gott, und betete laut: »Dir übergeb ich mich ganz, du allein sorgtest ja bisher für mich schwachen Knecht – und ich schwöre, daß ich anders werde.« – Ein Versprechen, das dennoch von mir soll gehalten werden, so sehr auch alles nur dummer Lug und Trug gewesen.

Mein Gebet verfing nichts bei dem unchristlichen Dragoner, der mich einmal im Zuggarn des Deckbetts gefangen hielt – unbekümmert, ob er ein Gastbett zum Parade- und Todenbette mache oder nicht. – Er spann meine Nerven wie Golddraht durch engere Löcher hindurch immer dünner bis zum Verschwenden und Verschwinden, denn das Bette marschierte endlich gar herab bis an die Mitteltüre. –

Jetzt war es Zeit, ohne Umstände erhaben zu werden; und mich um nichts mehr hienieden zu scheren, sondern mich dem Tode schlicht zu widmen: »rafft mich nur weg (rief ich, und schlug unbedenklich drei Kreuze), macht mich nur schnell nieder, ihr Geister; ich sterbe doch unschuldiger als tausend Tyrannen, und Gottesleugner, denen ihr leider weniger erscheint, als mir Unbeflecktem.« Hier vernahm ich eine Art von Lachen, entweder auf der Gasse oder im Nebenzimmer; vor diesem warmen Menschenton blüht ich plötzlich wie vor einem Frühling an allen Spitzen wieder auf. Ich verschmähte gänzlich die weggehaspelte Decke, die jetzt von der Türe nicht mehr wegkonnte; ich legte mich unbedeckt: doch warm und schwitzend genug, bald in den Schlaf. Übrigens schäm ich mich nicht im geringsten vor allen aufgeklärten Hauptstädtern – und ständen sie vor mir –, daß ich durch meinen Teufelsglauben und meine Teufelsanrede einige Ähnlichkeit mit dem größten deutschen Löwen bekommen, mit Luther.

Zweiter Tag in Flätz.

Am Frühmorgen spürt ich mich aufgeweckt durch das bekannte Zudeckbett; es hatte sich wie ein Inkube auf mich gesetzt; ich gaffte auf; in einem Winkel saß still ein rotes, rundes, kernhaftes, aufgeputztes Mädchen wie eine volle Tulpe von Lebensfrische aufgebläht und leise flatternd mit bunten Bändern, gleichsam als mit Blättern. »Wer ist dort, wie kommt man herein?« rief ich halbblind. – »Ich habe dich nur leise zugedeckt und du solltest erst ausschlafen – sagte Bergelchen – ich bin die ganze Nacht gegangen, damit ich recht früh käme; sieh nur her!« Sie zeigte mir ihre Stiefel, das einzige Reisestück (die Achilles Ferse), das sie vor dem Tore, als sie in der Mauße der Toilette war, nicht hatte abstreifen können. – »Brach – fragt ich über ihre um 6 Stunden beschleunigte Nachkunft umsomehr bestürzt, da ich es die ganze Nacht und selber jetzt über ihr unbegreifliches Hereinkommen gewesen – brach etwan frischer Jammer über uns aus und ein Brand, Mord, Raub?« – Sie versetzte: »der Ratz (sie wollte sagen die Ratte) ist gestern verreckt, dem du so lange nachgestellt; weiter passierte eben nichts.« – »Und auch alles ist richtig nach meinem Ordnungszettel zu Hause besorgt?« – fragte ich. »Jawohl, versetzte sie, ich hab ihn aber gar nicht gelesen, er ist mir weggekommen, du hast ihn wohl mit eingepackt.« –

Indes ich verzieh alles der blühenden kecken Ritterin oder Fußgängerin. – Ihr Auge, dann ihr Herz brachte mir ja frisches kühles Morgenwehen mit Morgenrot in meine schwülen Vorstunden. Auch mußt ich ja ohnehin nachher der freundlichen ins Leben hineinhoffenden und hineinliebenden Seele den verdienten Himmel des heutigen Tages mit der trüben Nachricht der fehlgeschlagnen Professur verfinstern. Daher vergab und verschob ich möglichst. Ich fragte, wie sie hereingekommen, da noch das ganze spanische Reiterwerk von Sesseln an der Türe feststehe. Sie lachte, sich dabei nach Dorfsitte bückend, stark und sagte: sie hätte es vorgestern mit ihrem Bruder verabredet, daß er sie durch seine Stube, da sie meine Sperrvorsicht kannte, in meines einließe, damit sie mich heimlich wecken könnte. Jetzt fuhr der Dragoner laut lachend ins Zimmer und sagte: »Wie geschlafen, Herr Schwager?«

Aber auf diese Weise war mir freilich die halbe Gespenstergeschichte wie von einem Biester und Hennings aufgelöset und aufgedeckt; und ich durchschauete sogleich des Dragoners ganzen Gespensterplan, den er ausgeführt. Etwas bitter sagte ich ihm meine Vermutung, und der Schwester meine Geschichte. Aber er log und lachte, ja er versuchte noch frech genug, mir am hellen Morgen Geister zum zweiten Male weis zu machen und aufzuhalsen. Ich versetzte kalt, an mir find er hierin sehr den unrechten Mann, gesetzt auch, ich wäre einem Luther, Hobbes, Brutus ähnlicher, die sämtlich Geister gesehen und gefürchtet. Er erwiderte – und riß die Tatsachen aus ihrer Motivierung: – »er sage ja weiter nichts, als daß er nachts irgend einen armen Sünder ganz erbärmlich habe krächzen und lamentieren hören; und daraus habe er geschlossen, es sei eine arme desperate Nachtmütze von Mann, der ein Gespenst zusetze.« Endlich gingen auch seiner Schwester die Augen über die gemeine Rolle auf, die er mit mir zu spielen vorgehabt; sie fuhr ihn derb an, schob ihn mit zwei Händen aus meiner und seiner Türe schnell hinaus, und rief nach: »Warte, du Schadenfroh, ich gedenk dir's!« Darauf kehrte sie schnell sich um, und fiel mir um den Hals und dabei am falschen Ort ins Lachen, und sagte: »Der dumme Junge! Aber ich konnte das Lachen nicht mehr verbeißen; und der Narr soll doch nichts merken. Vergib dem Pinsel, du als ein gelehrter Mann, seine Eselei.«

Ich fragte sie, ob sie auf ihrer Nachreise auf keine Geisterwelt gestoßen sei – wiewohl ich wußte, daß ihr Tiere, ein Wasser, ein halber Abgrund nichts sind: – nein, aber vor den geputzten Stadtleuten, sagte sie, habe sie sich am Morgen gescheuet. O wie lieb ich diese weichen Harmonikabebungen weiblicher Furcht!

Endlich mußt ich den Koloquintenapfel anbeißen oder anschneiden und ihr die Hälfte davon zureichen, nämlich die Nachricht der Fehlbitte um die Professur. Da ich aber das freudige Herz mit der vollständigen rohen Wahrheit verschonen, und einer schweren Fracht etwas abschneiden mußte, die sich besser Männerschultern aufpackt: so begann ich: »Bergelchen, die Professorsache geht einen andern aber an sich guten Gang – der General, nach welchem ich den Teufel und seine Großmutter frage, legt es auf einen Generalsturm an – und den soll er haben, so gewiß als ich die Nachtmütze aufhabe.« – »So bist du also noch nichts geworden?« fragte sie. »Vor der Hand zwar nicht!« versetzt ich. »Aber doch bis Sonnabends Abend?« sagte sie. »Das nicht«, sagt ich. »Nun so bin ich hart geschlagen, und ich möchte zum Fenster hinausspringen«, sagte sie, und drehte das Rosen- und Morgengesicht weg, um die feuchten Augen darin mir nicht zuzukehren und schwieg sehr lange. Dann fing sie mit schmerzhaft zitternder Stimme an: »Du großer Heiland, stehe mir am Sonntag in Neusattel bei, wenn mich die hochtrabenden vornehmen Weiber in der Kirche sehen und ich blutrot werde aus Scham!« –

Jetzt sprang ich im Mitjammer aus dem Bette vor die liebe Seele hin, der die hellen Zähren über die schönblühenden Wangen flossen und rief: »Du treues Herz, zermartre mich doch nicht so ganz! Gott soll mich strafen, wenn ich nicht noch in den Hundstagen alles werde, was du nur willst. – Sprich, willst du Bergrätin werden, oder Baurätin, oder Hofrätin, Kriegsrätin, Kammerrätin, Kommerzienrätin, Legationsrätin, oder des Henkers- und Teufelsrätin: ich bin dabei und werd es und such an. Morgen schick ich reitende Boten nach Hessen und Sachsen, nach Preußen und Reußen, nach Frießland und Katzenellenbogen und begehre Patente. Ja ich treib's weiter als einer, und werde zugleich alles, Flachsenfinger Hofrat, Scheerauer Akzisrat, Haar-Haarer Baurat, Pestitzer Kammerrat (denn wir haben das Geld) und stelle dann allein und eigenhändig mit einem einzigen Podex und Corpus eine ganze Ratsitzung von auserlesenen Räten vor – und stehe als eine ganze Ehrenlegion und ein Ehrengelag bloß auf zwei Beinen da. – Dergleichen hat noch kein Mensch getan.«

»O! Nun du bist ja engel-gut! (sagte sie und frohere Zähren rollten), du sollst mir selber raten, was die vornehmsten Räte sind, damit wir's werden.« – »Nein, fuhr ich befeuert fort, dabei bleib ich nicht einmal; mir ist's nicht genug, daß du dich ordentlich bei der Kaplänin kannst als Baurätin melden lassen, bei der Stadtpredigerin als Legationsrätin, bei der regierenden Bürgermeisterin als Hofrätin, bei der Chausseeinnehmerin als Kommerzienrätin, oder wie du wo willst« – »Ach du mein gar zu gutes Attelchen!« sagte sie. »Sondern (fuhr ich fort) ich werde auch korrespondierendes Mitglied verschiedner besten gelehrten Gesellschaften in verschiedenen besten Hauptstädten (worunter ich bloß zu wählen habe), und zwar kein gemeines wirkliches Mitglied, sondern ein ganzes Ehrenmitglied, und dann streck ich wieder dich als ein auf mir Ehrenmitglied wachsendes Ehrenmitglied aus.«

Verzeiht, Freunde, diesen Breiumschlag oder Täuschungsbalsam für eine verwundete Brust, deren Blut zu rein und köstlich ist, als daß man es nicht mit allen möglichen Stillungsmitteln aus Spinnweben ins schöne Herz zurückzuschließen trachten sollte.

Jetzt kamen schöne, schönste Stunden. Ich hatte die Zeit besiegt wie mich und Berga; selten beseligt, so wie ich, ein Sieger zugleich die überwindende und die überwundene Partei. Berga holte ihren alten Himmel zurück, und zog die staubigen Stiefel aus, und blumige Schuhe an. Köstlicher Morgentrunk! Wie berauscht ein liebendes Herz! Ich spürte ordentlich (ist die niedere Redeblume erlaubt) ein Doppelbier von Mut in mir, seitdem ich ein Wesen mehr um mich zu beschirmen hatte. Überhaupt werd ich – was der treffliche General nicht ganz zu wissen scheint – nicht wie die andere durch Mutige mutiger, sondern am stärksten durch Hasen, weil an mir das schlechte Beispiel sich zum Widerspiel umdreht. Kleine Pinselstriche mögen hier Mann und Frau mehr abschatten als verschatten! Als der nette Kellner mit der grünseidenen Schürze Morgenbretzeln heraufbrachte – weil ich gesagt hatte: Johann, zwei Portionen! – so sagte sie zu ihm: er verbände sie sehr damit, und hieß ihn Herr Johann. –

Bergelchen – mehr in Marktflecken als Hauptstädten aufgewachsen – wurde ordentlich bestürzt über die Kaffeebretter, Waschtische, Papiertapeten, Wandleuchter, alabasterne Schreibzeuge mit ägyptischen Sinnbildern und über den vergoldeten Klingeldrahtknopf, den ja jeder abdrehen und einstecken konnte. Daher hatte sie nicht den Mut, durch den Saal voll Kronleuchter zu gehen, bloß weil ein pfeifender vornehmer Federhut darin auf- und abspazierte. Ja ihrem armen Herzen wurde ordentlich die Brust zur Schnürbrust, wenn sie zum Fenster hinaus auf so viele geputzte und fahrende Städter guckte (ich pfiff frisch ein gaskonisches Liedchen darunter hinein) – und wenn sie daran dachte, wie sie nachher samt mir mitten durch dieses blendende Vorzimmergewühl brechen müßte. Hier verfangen Schlüsse noch weniger als Beispiele. Ich wollte mein Bergelchen durch einige meiner nächtlichen Traumgigantesken heben – z. B. durch die, daß ich auf einem Wallfisch reitend mit einer Dreizackgabel drei Adler gespießt, und durch mehr dergleichen; – aber ich machte keinen Effekt, vielleicht weil ich eben dadurch dem furchtsamen Frauenherzen das Schlachtfeld näher als den Sieger, den Abgrund näher als den Springer darüber, vor das Auge geschoben.

Jetzt wurde mir ein Pack Zeitungen gebracht, voll lauter kräftigster Siege. Obgleich diese nur auf der einen Seite vorfallen und auf der andern eben so viele Niederlagen vorkommen: so verquicken doch jene sich mehr mit meinem Blute als diese, und flößen mir – wie sonst Schillers Räuber – eine wunderbare Neigung ein, irgend jemand auf der Stelle zu dreschen und zu fegen. Unglücklicherweise für den Kellner hatte dieser sich eben, wie ein Heer, dreimalige Klingelordre zum Marsche geben lassen, bevor er sich mobil und heraufgemacht. »Herr«, – fing ich an, den Kopf voll Schlachtfelder, und den Arm voll Triebe, ihn abzuklopfen, und Berga fürchtete alles, da ich das ihr bekannte Zorn- und Alarmzeichen gab, nämlich die Mütze hinten am Hinterkopfe in die Höhe stieß, – »ist das Manier gegen Gäste? Warum kommt er nicht prompt? Komm er mir nicht wieder so und geh er, Freund!« – Ungeachtet sein Rückzug mein Sieg war, so kanonierte ich doch noch auf der Wahlstatt lebhaft fort, und feuerte desto lauter (er sollt es hören), je mehre Treppen er hinuntergeflogen. Bergelchen – die sich ganz entsetzte über mein Ergrimmen, zumal in einem ganz fremden Hause und über einen vornehmen Putzbengel mit Seidenschurz – suchte alle ihre sanften Worte hervor gegen wilde einer Kriegsgurgel, und gab mir Gefahren zu bedenken. »Gefahren, versetzt ich, wünscht ich ja eben, nur gibt's keine für den Mann, stets wird er ihnen entweder obsiegen oder entspringen, entweder die Stirn bieten, oder den Rücken.« –

Ich konnte kaum aufhören, mich zu erbittern, so süß war mirs und so sehr fühlt ich mich vom Zornfeuer erfrischt, und in der Brust wie von einem Geierfelle lind geheizt. Es gehört auch allerdings unter die unerkannten Wohltaten – worüber man sonst predigte, daß man nie mehr in seinem Himmel und monplaisir (ein Lustschloß) ist als so recht im Toben und Grimm. Himmel, was könnte nicht ein gewichtiger Mann darin versuchen? Die Gallenblase ist ja für uns die größte Schwimmblase und Montgolfiere, die uns nichts kostet als ein Paar fremde teils Schimpfworte teils Dummheiten. Und hat denn nicht der einstürmende Luther, mit dem ich mich auf keine Weise vergleiche, in seinen Tischreden bekannt: er predige, singe, bete nie so gut als im Zorn? – Wahrlich, er allein reichte hin, manchen zum Zorne zu reizen.

Nun wurde der ganze Vormittag-Morgen mit Beschauen und Behandeln verbracht; und zwar am längsten in der breiten Gasse unseres Hotels. Berga sollte sich erst ins Marktgedränge einschießen; sie sollte erst einsehen, daß sie mehr »nach der Modi« mit ihr zu reden aufgeschmückt sei, als hundert andere ihres Ungleichen. Aber bald vergaß sie über den Haushalt den Anputz, und auf dem Töpfermarkte den Nachttisch.

Ich meines Ortes spielte bloß, während ich voll echter Langweile sie auf ihren Marktplätzen voll langen Hinab- und Hinaufhandelns umhergeleitete, in mir den verborgnen Weltweisen; ich wog das leere Leben, und das schwere Gewicht, das man darauf legt, und die tägliche Angst des Menschen, daß dasselbe, diese leichteste

Flaumfeder der Erde, davon fliege, und ihn befiedere und mitnehme. Diese Gedanken verdank ich vielleicht den Straßenbuben, die ihre Meßfreiheit dazu anlegten, daß sie aufeinander um mich her mit Steinen feuerten; ich dachte mich nämlich dabei lebhaft in einen Mann hinein, der nie im Krieg gewesen, und der also, da er nicht selber erfahren, daß oft tausend Kugeln keinen einzigen treffen, von so wenigen Steinwürfen doch besorgt, daß sie ihm Nase und Auge einschießen. O das Schlachtfeld allein säet, düngt, und bildet Mut, sogar gegen die täglichen, häuslichen und kleinsten Gefahren. Denn erst, wenn er aus dem Schlachtfeld kommt, da singt und kanoniert der Mensch dem Kanarienvogel gleich, der, obwohl so melodisch, so scheu, so klein, so zart, so einsam, so weichfederig, gleichwohl dahin abzurichten ist, daß er Kanonen – wenn auch von kleinerem Kaliber – abfeuert.

Nach dem Mittagessen (auf unserem Zimmer) kamen wir aus dem Fegfeuer des Meßgetümmels, wo Berga an jeder Bude etwas zu bestellen und ihrer Nachtreterin etwas aufzuladen hatte, endlich im Himmel an, in der sogenannten Hundewirtschaft, wie das beste Flätzer Wirts- und Lusthaus außer der Stadt sich nennt, wo Messenszeiten hunderte einkehren, um tausende vorbeigehn zu sehen. Schon unterwegs wuchs meinem Weibchen als meinem Ellbogenepheu dermaßen der Mut, daß sie unter dem Tore, wo ich mich, da nach der bekannten militärischen Prozeßordnung nicht nahe an der Schildwache vorübergegangen werden darf, deshalb auf die entgegengesetzte Seite hinwarf, ruhig dicht am Schieß- und Stechgewehr der Torwache vorüberstrich. Draußen konnt ich ihr den umketteten, vergitterten, riesenhaften, schon außen mit Treppen aufsteigenden Schabackerpalast mit Fingern zeigen, worin ich gestern gehauset und (vielleicht) gestürmt; »lieber den Riesen möcht ich begucken, sagte sie, und den Zwergen; zu was sind wir denn mit ihnen unter einem Dach?«

Im Lusthause selber fanden wir hinlängliche Lust, umrungen von blühenden Gesichtern und Auen. Da setzt ich mich heimlich in einemfort über Schabackers Réfus mit Erfolg hinweg und machte mir überhaupt bis gegen Mitternacht einen guten Tag; ich hatt ihn verdient, Berga noch mehr. Gleichwohl sollt ich noch nachts um 1 Uhr eine Windmühle zu berennen bekommen, die freilich mit etwas längern, stärkern, und mehren Armen schlägt als ein Riese, wofür Don Quixotte eine solche Mühle gern angesehen hätte. Ich lasse nämlich auf den Marktplatz aus Gründen, die sich leichter denken als sagen, Bergelchen um einige zwanzig Schritte vorausgehen, und begebe mich aus gedachten Gründen ohne Arg hinter eine versteckte Bude, die wohl die Silberhütte und der Silberschrank eines rohen Krämers sein mochte, und verweile davor natürlich nach Umständen: – sieh, kommt daher gerudert mit Spieß und Speer der Budenwächter und münzt und prägt mich so unversehends und unbesehen zu einem Schnapphahn und Raubfisch seiner Budengassen aus, obgleich der schwache Kopf nichts weiter sieht als daß ich in einer Ecke stehe, und nichts weniger tue als – nehmen. Ehrgefühl ohne Kallus ist für solche Angriffe niemals abgestumpft. Nur aber, wie war einem Manne, der nichts im Kopf hat – höchstens jetzt Bier statt Hirn – in der Nachmitternacht Licht zu geben? –

Ich verhehle mein Wagmittel nicht; ich griff zum

Fuchsschwanz, ich spiegelte ihm nämlich vor, ich hätte einen sogenannten Hieb, und wüßte in der Betrunkenheit mich schlecht zu finden und zu halten – ich spielte daher alles nach, was mir aus diesem Fache zu Gesicht gekommen, schwankte hin und her, setzte die Füße tanzmeisterlich auswärts, gerieht in Zickzacke hinein bei allem aussegeln nach gerader Linie, ja ich stieß meinen guten Kopf (vielleicht einen der hellsten und leersten der Nacht) als einen vollen gegen wahre Pfosten. – –

Gleichwohl sah der Budenvogt, der vielleicht öfter betrunken gewesen als ich, und die Zeichen besser kannte oder der es gar selber in dieser Stunde war, die ganze Verstellung für bloßes Blendwerk an, und schrie entsetzlich: »Halt, Strauchdieb, du hast keinen Haarbeutel, du Windbeutel bist ja noch weniger besoffen als ich! – Wir kennen uns wohl länger. Steh! Ich komm dir nach. Willst du im Markt deine Diebsfinger haben? – Steh, Hund, oder ich forciere dich!«

Man sieht hier seinen ganzen Zustand, ich entsprang zickzackig den Buden diesem rohen Trunkenbolde, so eilig als ich konnte; dennoch humpelte er mir nach. Aber meine Teutoberga, die einiges gehört, rannte zurück, faßte den betrunkenen Marktportier beim Kragen, und sagte, obwohl (nach Dorfweise) zuschreiend: »Dummer Mann, schlaf er seinen Rausch aus, oder ich zeig's ihm! Weiß er denn, wen er vor sich hat? Meinen Mann, den Feldprediger Schmelzle unter dem Herrn General und Minister von Schabacker bei Pimpelstadt, er Narr! Pfui, schäm er sich, Kerl!« Der Wächter brummte: »nichts für ungut!« und taumelte davon. »O du Löwin, sagt ich im Liebesrausch, warum bist du in keiner Todesgefahr, damit ich dir nun den Löwen zeigte als Gemahl?« – So gelangten wir beide liebend nach Hause; und ich hätte vielleicht zum schönen Tage noch den Nachsommer einer herrlichen Nachmitternacht erlebt, hätte mich nicht der Teufel über Lichtenbergs neunten Band und zwar auf die 206te Seite geführet, wo dieses steht: »Es wäre doch möglich, daß einmal unsere Chemiker auf ein Mittel gerieten, unsere Luft plötzlich zu zersetzen, durch eine Art von Ferment. So könnte die Welt untergehen.«

Ach, ja wahrlich! Da die Erdkugel in der größern Luftkugel eingekapselt steckt: so erfinde bloß ein chemischer Spitzbube auf irgendeiner fernsten Spitzbubeninsel, oder in Neuholland, ein Zersetzmittel für die Luft, dem ähnlich, was etwa ein Feuerfunke für einen Pulverkarren ist: in wenig Stunden packt mich und uns in Flätz der ungeheuere herschnaubende Weltsturm bei der Gurgel, mein Atemholen und dergleichen ist in der Erstickluft vorbei, und alles überhaupt. – Die Erde ist ein großer Rabenstein mit Galgen geworden, wo sogar das Vieh krepieret – Wurm- und Wanzenmittel, Bradleysche Ameisenpflüge und Rattenpulver und Wolftreiben, und Viehsterbekassen sind im Weltschwaden, im Weltsterb dann nicht sonderlich mehr vonnöten, und der Teufel hat alles geholt in der Bartholomäusnacht, wo man das verfluchte »Ferment« zufällig erfunden.

Indes verbarg ich der treuen Seele jeden Todesnachtgedanken, da sie mich doch entweder nur schmerzlich nachempfunden, oder gar lustig ausgelacht hätte. Ich befahl bloß, daß sie am Morgen (des Sonnabends) für die zurückkehrende Landkutsche fertig und gestiefelt dastände, sollt ich anders ihren Wünschen gemäß an die Überschwängerung mit Räten, die ihr so am Herzen lag, früh genug kommen. Sie war so freudig meiner Meinung, daß sie gern den Jahrmarkt aufgab. Auch ruht ich ruhig, mit der Fußzehe an ihre Finger geknüpft, die ganze Nacht hindurch.

Der Dragoner nahm und zupfte mich am Morgen heimlich beim Ohre, und sagte mir in dasselbe hinein, er habe ein lustiges Meßgeschenk für seine Schwester vor, und reite deshab auf seinem gestern vom Roßtäuscher eingetauschten Rappen etwas früh voraus. Ich bot ihm meinen Vordank.

Am Morgen lief jeder lustig vom Stapel, ausgenommen ich; denn ich behielt noch immer, auch vor dem besten Morgenrote, das nächtliche Teufelsferment und Zersetzmittel, meiner Gehirnkugel sowohl als der Erdkugel, gährend im Kopf, ein Beweis, daß die Nacht mich und meine Furcht gar nichts hatte übertreiben lassen. Der mir verdrießliche blinde Passagier setzte sich auch wieder ein, und sah mich wie gewöhnlich an, doch ohne Effekt; denn diesmal, wo ich Weltumwälzungen, nicht bloß die meinigen, im Kopfe hatte, war mir der Passagier mehr ein Spaß und Spuk; da niemand unter Fußabsägen das Herzgespann verspürt, oder unter dem Summen der Kanonen sich gegen das der Wespen wehrt, ebenso konnte mir ein Passagier mit allen Brandbriefen, die etwa sein verdächtiges Gesicht in meine nahe späte Zukunft wirft, bloß lächerlich zu einer Zeit vorkommen, wo ich bedachte, das »Ferment« könne ja mitten auf meinem Wege von Flätz nach Neusattel, von irgendeinem Amerikas, Europas Manne, der ganz unschuldig versucht und versetzt, zufällig erfunden und losgelassen werden. Die Frage, ja Preisfrage wäre aber nun, inwiefern es seit Lichtenbergs Drohung nicht etwa welt- und selbstmörderisch aussieht, wenn aufgeklärte Potentaten scheidekünstlerischer Völker es nicht ihren Scheidekünstlern, die so leicht Leib von Seele scheiden, und Erde mit Himmel gatten, auferlegen, keine andere chemische Versuche zu machen, als die schon gemachten, die doch bisher den Staaten weit mehr genützt als geschadet.

Leider blieb ich in diesen jüngsten Tag des Ferments mit allen Sinnen versunken, ohne auf der ganzen Rückreise nach Neusattel mehr zu erleben und zu bemerken, als daß ich daselbst ankam, wo ich zugleich wieder den blinden Passagier seines Weges gehen sah.

Nur mein Bergelchen schauete ich in einemfort unterwegs an, teils um sie noch so lange zu sehen als Leben und Augen dauern, teils um auch bei kleinster Gefahr derselben, es sei nun eine große, oder gar ein ganzes hereinstürzendes Goldau und verzehrendes Weltgericht, wenn nicht für sie, doch an ihr zu sterben, und so verknüpft mit ihr, ein geplagtes und plagendes Leben hinzuwerfen, worin ihr ohnehin nicht die Hälfte meiner Wünsche für sie erfüllt geworden.

So wäre denn meine Reise an sich vollendet, – gekrönt mit einigen Historiolen – vielleicht künftig noch belohnter durch euch, ihr Freunde um Flätz herum, wenn ihr darin etwa einige gut geschliffne Jätemesser finden solltet, womit ihr leichter das Lügenunkraut ausreutet, das mich bis jetzt dem wackern Schabacker verbauet. – – Nur sitzt mir noch das verfluchte Ferment im Kopfe. Lebt denn wohl, so lang es noch Atmosphären einzuatmen gibt. Ich wollt, ich hätte mir das Ferment aus dem Kopfe geschlagen.

Euer Attila Schmelzle.

N. S. Mein Schwager hat seine Sache ganz gut gemacht, und Berga tanzt. Künftig das nähere! – –

Die wunderbare Gesellschaft in der Neujahrsnacht

Wir haben alle schon verdrießliche Geschichten gelesen, die uns mit der lieblichsten Irrhöhle von Verwicklungen bezauberten und ängstigten und uns unruhig nach einem hellen Ausgang bogenlang herumgreifen ließen, bis endlich die unerwartete Zeile, »als ich erwachte«, uns die ganze Höhle unter den Füßen wegzog. Bei dem zweiten Lesen fanden wir dann alles durchsichtig und hell und waren nicht mehr zu peinigen. Eine solche trockne Historie ist gottlob meine von der wunderbaren Nachtgesellschaft nicht; ich war leider bei der Erscheinung derselben so wach, als jetzt, und saß am Fenster.

Vorher muß sich der Leser einige Personalien von mir gefallen lassen, damit mein erbärmliches Benehmen gegen die Nacht-Sozietät, das meinen Mut mehr verbirgt als zeigt, zu erklären ist. – Nachmittags am Valettage des ein Jahr lang sterbenden Säkulums ging ich von 3 bis 8 Uhr nachdenkend in meinem Schreibzimmer auf und ab, weil ich vor Migräne nichts schreiben konnte; und hatte besonders über den unabsehlich-langen um die Erde kriechenden Strom der künftigen Zeit meine schwermütigen Gedanken, wovon ich am Neujahrstage die besten ausklauben und niederschreiben wollte für dieses Werkchen. In die hinter fünf, sechs Jahrtausenden liegende Vergangenheit zurückzuschauen, gibt uns mutige Jugendgefühle; sie kommt uns als unsere antizipierte Kindheit vor, hingegen vorauszublicken weit über unsern letzten Tag hinweg, und unzählige Jahrtausende herziehen zu sehen, die unsern bemooseten Spiel- und Begräbnisplatz immer höher überschneien und auf uns neue Städte und Gärten und auf diese wieder neuere und so ungemessen fort aufschlichten, dieses ewige immer tiefere Eingraben und Überbauen verfinstert und belastet uns das freie Herz. Dadurch verdorret uns die Gegenwart zur Vergangenheit und sie wird von totem Schimmel traurig überzogen. Der Geist des Menschen hasset nach seiner Natur die Veränderung, erstlich weil er sie außer sich nur bei großen Schritten und nie in ihrem ewigen Schleichen wahrnimmt, und zweitens weil er sie in sich weniger merkt, wo er der unveränderliche Schöpfer seiner eignen ist; dem Regenbogen und Lauffeuer in und außer sich sieht er nicht an, daß immer nur neue Tropfen und neue Funken sie bilden.

Und gerade am Nachmittage, wo ich mein Inneres mit Trauertuch ausschlug und den Flor anlegte für das einschlummernde Jahrhundert, war ich ganz allein in meinem Schlößlein zu Mittelspitz – Hermine war in der Stadt bei einer kranken Freundin, und wollte erst nachts heimkommen, »obwohl noch in diesem Jahrhundert«, nach dem gewöhnlichen säkularischen Scherz, den der Mensch nicht lassen kann – ich saß oben einsam in meinem Museum, unsere Magd war unten im Bedientenzimmer – wegen der grimmigen Kälte lagen alle Lehnsmänner meiner mittelspitzischen Krone in ihre Schnekkenhäuschen eingespündet und das dunkle Dörfchen war still. – Mir war nicht wohl, sondern etwa so in meiner Haut, als hätte sie mir Nero harzig anpichen und annähen lassen, um mich in seinem Garten zu lanternisieren. Ein ätzenderes Sublimat für flüssige Gelehrtennerven konnte wohl schwerlich erdacht werden, als rechte Dezemberkälte ist; jeder Schnee ist ein Märzschnee, der sie abfrisset, der Frost ist ein Baumheber für unsere Wurzeln, kurz, wenn Todes- und Fieberkälte ein Auto da Fe ist, so ist Winterkälte ein Autillo da Fe. Leben kann man ohnehin nicht, nur leiden. So schwächten nun Frost und Migräne gemeinschaftlich alle Entschlossenheit in mir, die ohnehin zur Winterzeit in keinem Wesen zunimmt, das nicht gerade ein Wolf ist.

Beklommenheit umspannte mein Herz, ich sah den Menschen trotzig mit dem Schwerte in der Hand unter einem über dem Haupte fechten, und sah das Haar nicht einmal, das es trug. Noch engbrüstiger setzte ich mich nach dem einsiedlerischen Essen in die Fensterecke, bedeckte die Augen mit der Hand und ließ alles vor mir vorüberziehen, weswegen der Mensch das Leben eitel und nichtig nennt – schnell eilten die künftigen Jahrhunderte, wie Fixsterne vor dem Sternrohr, vorbei, endlich kamen lange Jahrtausende und trieben ein Volk nach dem andern aus den Städten in die Gräber, die Generationen verfolgten einander wie fliegende Strichregen und schossen in die Grüfte herunter und rissen den Himmel auf, worin der Todesengel sein Schwert durch die Welten hob und keine Sterbenden, sondern bloß das Sterben sah. –

Während diesen Phantasieen war mir einige Male gewesen, als hört' ich leise Worte; endlich vernahm ich nahe an mir diese: »die drei Propheten der Zeit«; ich tat die Hand vom Auge – – die wunderbare Nachtgesellschaft war im Zimmer. Ein langer, totenblasser, in einen schwarzen Mantel gewickelter Jüngling mit einem kleinen Bart (wie der an Christusköpfen), über dessen

Schwarz die Röte des lebendigen Mundes höher glühte, stand vor mir, mit einem Arme leicht auf einen Stuhl gelehnt, worauf ein erhaben-schöner, etwa zweijähriger Knabe saß und mich sehr ernst und klug anblickte. Neben dem Stuhle kniete eine weißverschleierte, mit zwei Lorbeerkränzen geschmückte Jungfrau von mir weggekehrt gegen den hereinstrahlenden Mond, eine halb rot halb weiße Lankaster-Rose in der Hand, eine goldene Kette um den Arm – die Lage vor dem Knaben schien ihr vom schwesterlichen Zurechtrücken seines Anzugs geblieben zu sein. Sie glich mit der niedergebogenen Lilie ihrer Gestalt ganz Lianen, wie ich mir sie denke, nur war sie länger. Auf dem Kanapee saß eine rotgeschminkte Maske mit einer seitwärts gezogenen Nase und mit einer Schlafmütze; neben ihr ein unangenehmes mageres Wesen mit einem Schwedenkopf und feuerrotem Kollet, höhnisch anblinzelnd, das nackte Gebiß entblößend, weil die Lippen zu kurz waren zur Decke, und ein Sprachrohr in der Hand.

Himmel! wer sind sie, wie kamen sie, was wollen sie? – An Räuber dacht' ich nicht im Geringsten – so nahe auch der Gedanke lag, es könnten ja während unsers Dialogs Helfershelfer mich ausstehlen, mir die Juwelen einpakken und das Federvieh aus den Ställen treiben –; die edle feierliche Gestalt des bleichen Jünglings vertrat mir sogleich diesen kleinlichen Argwohn. Ob es nicht Wesen entweder der zweiten Welt oder meines Gehirnglobus sind? Wahrlich diese Frage hatte ich später zu tun. Sonderbar wars, daß sie mir alle ganz bekannt vorkamen, sogar die Stimme der Maske, indes ich mich doch keines Namens entsann.

Aus einem gelinden Nervenschlag – nicht aus elender Mutlosigkeit – muß es abgeleitet werden, daß ich unvermögend war, mich zu regen, geschweige zu erheben, als der hohe Jüngling winkte und langsam sagte: »tritt in das Reich der Unbekannten und frage nicht, wir verschwinden mit dem Jahrhundert – das eine Jahrhundert erntet der Mensch, das nächste erntet ihn – der Engel der Zeit* fliegt mit sechs Flügeln, zwei decken ihren Ursprung, zwei decken ihren Ausgang, und auf zweien rauscht sie dahin – Heute heben wir die Flügel auf, die auf ihrem Antlitz liegen!« – »Schaudert nicht, mein Herr« (sagte die Maske und ihrzete mich, wie Leute tun, die lange in Frankreich und Italien gewesen) – wenn alles Erscheinung hienieden ist, so ist der Schauder darüber auch eine und nicht sehr erheblich – der Ernst ist ein wahrer Spaßvogel und der Spaß ein Sauertopf, ich stehe mit beiden auf freundschaftlichem Fuß – Bossü versichert, in die Nacht sei keine Tragödie zu verlegen; das wollen wir heute sehen, wenn der Polterabend des Jahrhunderts verstummt in einer Minute um 12 Uhr, nämlich in der sechzigsten.« –

»Mein Name ist Pfeifenberger (redete der widrige Schwedenkopf mich durch das angesetzte Sprachrohr, aber leise, an). Wir sind die drei Propheten der Zeit und weissagen Ihm, mein Freund, so lange bis das Jahrhundert dezembrisiert ist. Ich spreche zuerst.« –

Die Jungfrau schwieg, der Knabe sah unwillig gegen den Schwedenkopf, der schöne Jüngling hatte die Hand der Jungfrau genommen und beschaute auf dem Ringe

* Zwei Flügel verhüllen die Füße der Seraphim, zwei das Haupt, zwei tragen sie.

ein herrliches großes Auge, dem gleich, unter welchem sonst die Maler den Allsehenden vorstellten.

Pfeifenberger fing an: »in der künftigen Zeit wird freie Reflexion und spielende Phantasie regieren, keine kindischen Gefühle; man wird keinen Namens- und Geburts- und Neujahrstag mehr feiern und kein Ende des Jahrhunderts, weil man nicht weiß; wenn es schließet, ob bei dem ersten Viertel- oder letzten Glockenschlage, oder ob bei dem Ausgehen, oder bei dem Anlangen des Schalles; und weil in jeder Minute 100 Jahre zu Ende sind. Auch wird die Erde, eh' sie verwittert, noch oft von anno 1 an datieren, wie die Franzosen – Die Juden und Priester werden aufhören, und die Völker, die Weiber, die Neger, und die Liebe frei werden – Sprachgelehrte werden in allen Bibliotheken nach einer Edda und nach einer Bibel forschen, und ein künftiger Schiller wird das neue Testament lesen, um sich in die Charaktere eines Christen und Theisten täuschend zu setzen und dann beide aufs Theater – Griechenland wird wie Pompeji den Schutt der Zeit abwerfen und, von keiner Lava übergossen, werden seine Städte in der Sonne glänzen – Große Geschichtsforscher werden, um nur etwas von den Begebenheiten und Menschen des barbarischen, kleinstädtischen, finstern Mittelalters (so nennen sie das aufgeklärte Jahrhundert) zu erraten, sogar einen daraus übriggebliebenen homerischen Hans Sachs studieren, von dessen Werken ein künftiger Wolf erweisen wird, daß sie von mehreren Sängern zugleich gemacht worden, z. B. von einem gewissen Pfeifenberger, – was freilich Seine opuscala omnia anlangt, mein guter Freund (– hier lächelte das Eisfeld; denn zu einem Eisberg war das Ding nicht kräftig genug), so wird es dem besten Literator, der sich zum Studium der seltensten Inkunabeln sogar bis ins zwanzigste Jahrhundert zurückgewühlet, nicht glücken wollen, mit irgend einer Notiz von Ihm und seinen Schreibereien auszuhelfen.« –

– Es wäre mir in dieser Gespensternacht nicht zu verdenken gewesen, wenn ich von diesem Überläufer aus dem jenensischen Amizistenorden in den Inimizistenorden einige Male geglaubt hätte, den lebendigen Teufel vor mir zu haben. Aber seine Hoffnung, daß die kultivierte Zukunft keinen Gott und Altar mehr haben werde, – wie bei den Juden nur unpolierte Steine zum Altare taugten, – sein vernünftiger Frost, wenn keine Blumen mehr wachsen, als die aus Eis, – seine perrennierende Aufgeschwollenheit, die ihn gegen jede Rüge verpanzert, wie nach dem Plinius sich der Dachs durch Aufblasung gegen Schläge verwahrt – und seine Bitterkeit, die jetzt die sanftesten Neuern (mich selber ausgenommen) mehr an als in sich haben, so daß sie wirklich so gut zu genießen sind, als die Staren, denen man, bevor sie gebraten werden, bloß den bittern Balg abzieht – – alles dieses zeigte leicht, daß er mehr zu den sanften Neuern zu schlagen sei, als zu den Teufeln selber.

Obgleich die Pfeifenbergerische Bosheit wieder Lebensfeuer unter meinem vom Gespensterhauche kalt geblasenen Nerven anschürte: so machte doch die Kälte, womit der Schwedenkopf menschliche Gesichter in Brot bossierte und die Physiognomien einem schwarzen Spitz unter dem Kanapee zu fressen gab, mir es schwer, ihm wie einem rechten Menschen zu begegnen. Ich fing denn so gefasset als ich konnte an: »Ich antwort' ihm, mein

Pfeiffenberger, auf seine Weissagung nur mit Still- und anderem Schweigen, besonders puncto meiner. In kalten Zeiten, wo die Menschen nichts mehr im Herzen haben, als ihr Blut, verlang ich nicht einmal hinein, leider sind jene von der ewig wachsenden Volksmenge des Erdballes zu fürchten, die wie eine große Stadt und Reise und aus gleichem Grund Kälte gegen Menschenwert mitteilt; der Mensch ist jetzt dem andern nur im Kriege so heilig, wie sonst im Frieden, und im Frieden so gleichgültig, wie sonst im Kriege. Übrigens bescheid' ich mich gar gerne, daß Jahrhunderte, ja Jahrtausende kommen, die mich nicht lesen. Wie bisher, so muß künftig mit der Ausdehnung und Durchkreuzung der Wissenschaften, mit dem Veralten der Schönheiten und mit der Übung des geistigen Auges die Kürze des Stils, die Verwandlung alter Bilder in neue Farben, und kurz der ästhetische Luxus höher steigen, mithin wird ein zeitiger Schreiber, wie ich, zwar anfangs noch eine Zeitlang als korrekt mitlaufen, aber endlich werd' ich als gar zu nüchtern, als ein zu französischer ha- und magerer zweiter Gellert, der bloß glatt- und matten Leipzigern gefallen will, bei Seite geschoben. Niemand ist wohl von diesem Unglück mehr fester überzeugt, als ich selber. – Irgend einmal wird Sein und mein Deutsch, Freund, sich zu dem künftigen verhalten, wie das in Enikels Chronik zum jetzigen; wir werden also gerade so oft auf den Toiletten aufgeschlagen liegen,als jetzt Otfrieds Evangelium, nämlich bloß um die einfältige Schreibart und die Reinheit der Sitten zu studieren an Ihm und mir.

Wahrlich bei einer gar zu langen Unsterblichkeit verflüchtigt sich der Autor und nur der Bodensatz, das

Werk, sitzt fest; ich wünschte nicht, ein Konfutse, Homer oder Trismegistus zu sein (ihre breiten Namen sind in ein unartikuliertes Luftpfeifen zerfahren), sondern lieber etwas näheres und kompakteres, etwa ein Friedrich II. oder ein J. J. oder ein Pfeifenberger nach Seinem Tod.« –

Hier wurd' ich, zumal in einer so kranken Haut, ungemein erweicht von einem benachbarten Gedanken: »ich werde also so gut verschwinden, fuhr ich fort, wie mein Jahrhundert – die Sanduhr der Zeit wird ihren Hügel so gut über mich gießen, wie über den Hesperus am Himmel, wahrlich ich werde und muß einen letzten Leser haben... Letzter Leser – – eine wehmütige und sanfte Idee! Beim Himmel! ich häng ihr irgend einmal nach und rede den Menschen an und sage etwan:

»O du, indem ich mit meinen spielenden Kindern und mit meinem Herzen zuletzt wohne, sei der Seele günstig, an die auf der weiten Erde und in der weiten Zukunft kein Freund mehr denkt, als du und deren Träume und Welten und Bilder alle sterben, wenn du entschläfst.« –

Der Knabe nickte als meint ich ihn. Der ernste Jüngling schien niemand zu hören.

Jetzt fing die geschminkte Maske einen entsetzlichlangen Perioden an und sagte mit eintöniger ergreifender Stimme: »Wenn die große Uhr in der Marienkirche zu Lübeck nicht mehr zu brauchen sein wird, weil sie gar zu oft umgestellet worden, und weil auch der Mond schon anders umläuft als sie* – Wenn mancher Hottentot noch einen alten, »nach verbesserter und alter Zeit wohl eingerichteten lustigen Historienkalender auf das gemeine

* Sie zeigt den täglichen Stand und Gang der Himmelskörper usw. bis zum Jahr 1875; dann muß sie verändert werden.

Jahr 100,000« vorweisen kann, den seine Urgroßeltern durchschießen lassen, um Termine, Gäste und Haushaltungssachen auf treuherzige alte Weise (der Enkel kann's nicht ohne Lächeln lesen) einzutragen – Wenn die bittere Zeit dagewesen ist, wo Menschenliebe in keinem Herzen mehr war, außer in denen der Hunde – Wenn, obwohl lange nach der Eroberung Europas durch die Amerikaner der häßliche Weißenhandel auf gehört, den die Schwarzen zum Teil nach ihren nordindischen Besitzungen hingetrieben – Wenn wegen der entsetzlichen Bevölkerung alle Dörfer sich zu Städten ausgebauet und die großen Städte mit den Toren aneinander stoßen und Paris bloß ein Stadtviertel ist und der Landmann oft auf seinem Dache ackert, das er ganz artig urbar gemacht – Wenn in ganz Europa so schwer ein hölzernes Haus zu finden ist, wie jetzt ein goldenes, bloß weil man bei dem mir begreiflichen Holzmangel statt der Silberstangen Holzstangen sowohl aus Indien holen muß, als aus unsern Schachten, wo die Vorwelt sie so vorsichtig aufgespeichert; daher es leicht zu erklären, warum man dann Glas nur mit sich, nämlich mit Brenngläsern macht, und warum man im Winter so künstlich von außen heizt mit der Sonne durch besonders geschliffne Scheiben – Wenn endlich, weil durch ewiges Graben und Münzen das Geld schon lange zu spartischem Eisengeld devalviert geworden, nur Perlen die kleine Münze sind und Juwelen die große – wenn die Prachtgesetze die einfache alte wohlfeilere Tracht zurückgeführt, indem sie überall auf Seide bestanden, und wenn die Mode die höchsten Verlängerungen und Verkürzungen (bis zur Nationalkleidung der Menschheit, der Nacktheit) und jede Versetzung durchgespielt, sodaß bei Weibern die maillots*, die Schürzen am Hals, die am Rücken, die hinten offnen Totentalare, die bed-mats, und bei den Männern die matbeds, die peaux de lion, die Berghabite, die hinten zugeschnallt und zugespitzten Schuhe, die hinten zugeknöpften Röcke, der doppelte Schuh** und die Schleier und Schürzen wieder schon ein paarmal ab- und aufgekommen sind – Wenn die Handwerker und Gelehrten in immer kleinere Subsubdivisionen auseinandergewachsen*** – Wenn das letzte wilde Volk aus seiner Puter-Eierschale ausgekrochen, und zwar schneller als das erste****, weil alle zahme an der Schale hackten, wenn zwischen allen Völkern, wie jetzt zwischen Herrnhutern und Juden die Schiffe wie Weberschiffe verwebend hin- und herschießen und der Thüringer seinen nordamerikanischen Reichsanzeiger mithält und den afrikanischen

* Ich brauche den Leserinnen wohl nicht zu sagen, daß dieses erst zukünftige Moden sind.

** An dem jetzigen eigentlich halben Schuh wird nämlich künftig hinten ein neuer angebaut, der leer bleibt wie unser hoher Hut.

*** Der Wilde und der westfälingische Bauer machen sich, wie der Redner Gorgias, alles selber: mit der Kultur teilen sich die Handwerker auseinander; diese Abteilungen werden sich wieder spalten, und z. B. die Mundköche sich in Vögel-, Fischköche usw., diese wieder in Lachs-, Forellen-, Karpfen- usw. Köche sondern. Bei den Gelehrten werden die Abästungen noch üppiger ausfallen. Z. B. in der ungeheuer aufwachsenden Geschichte wird jedes Volk, jedes Jahrtausend seinen eignen Historiker fordern, der von seinem historischen Wandnachbar gar nicht zu wissen braucht, daß er in der Welt ist.

**** Völker (wie Kinder moralisch und physisch) wachsen anfangs am schnellsten und stärksten; in einer gewissen Höhe der Kultur kann die Menschheit sich nur langsam ändern und höher heben, wie alle Sterne vom Horizont schneller aufsteigen als von der halben Bahn.

Moniteur – Himmel! wenn dann der ganze Globus schreibt, der Nord- und der Südpol Autor ist und jede Insel Autorin, wenn Rußland die Werke selber verfertigt, die es eben daher früher nicht eingelassen, und die Molucken mit den Gewürzen aus Habsucht die Makulatur dazu liefern und die Kamtschadalen alle die Blasphemien, Zweideutigkeiten und Höhnereien, die sie vorher mündlich verrauchen ließen, besser in Romane auffangen, wenn natürlicherweise eigne Städte gebaut werden müssen, wo bloß Bücher wohnen, so wie ganze Judengassen bloß für schreckliche Registraturen; wenn die Menge so herrlicher Genies und die Menge der Nationalgeschmäcke so vieler Inseln, Küsten und Jahrhunderte die höchste Toleranz, Übersicht, Vermischung und Laune geboren – Wenn man die Wolken so richtig, wie kürzere Sonnenfinsternisse prophezeien kann, Schwanzsterne ohnehin; und wenn die Flora und Fauna im Monde so gut bearbeitet ist, als die Länderkunde des Abendsterns – Wenn alle Raphaele verwittert, alle jetzigen Sprachen gestorben, neue Laster und alle mögliche Physiognomien und Charaktere dagewesen, die Zartheit und Besonnenheit und Kränklichkeit größer, die Hohlwege zehn mal tiefer und die tiefsten Wahrheiten platte geworden – Wenn Flotten von Luftschiffen über der Erde ziehen und die Zeit alle ihre griechischen Futura durchkonjugiert – Wenn alles unzählige Male dagewesen, ein Gottesacker auf dem andern liegt, die alte runzlichte graue Menschheit ein Jahrtausend nach dem andern vergessen und nur noch, wie andere Greise, sich ihrer schönen Jugendzeiten in Griechenland und Rom erinnert und der ewige Jude, der Planet doch noch immer läuft – – sag an, o bleicher Jüngling, wenn schlägt es in der Ewigkeit 12 Uhr und die Geisterstunde der Erderscheinungen ist vorbei?« –

»Ach Gott (sagte der Knabe sonderbar-klug), das Leben ist lang, aber die Zeit ist kurz, sie hat nichts als Augenblicke – Alle Uhren gehen sehr« (wobei er eine herauszog und ansah, auf der sieben übereinander stehende Weiser* unten rückten, liefen und oben pfeilschnell flogen); – »O die große Uhr rasselt schon und schlägt das Jahrhundert aus – dann fliegt die weiße Taube sehr anmutig durch die Sterne und die Toten des Jahrhunderts ziehen getrost.« Hier schlang er sich an die Brust der Jungfrau und gab seine Uhr mit den 7 Zeigern der Maske. »Die große Uhr draußen hat freilich, sagte diese, ein Richtschwert zum Perpendikel und das ist Geistern ganz fatal.«**

Er trug die schwindelnd ineinander laufende Uhr unter den Spiegel. Fürchterlich war es mir, als ihn der Spiegel nicht abbildete und die andern auch nicht. – Im Hintergrunde des Zimmers standen wieder neue unkenntliche Gestalten, die alle strenge auf ihre Uhren sahen – Der Schwedenkopf drehte bald umarmende Menschen, bald Herzen aus Brot und fütterte den schwarzen Hund. – Die Jungfrau faltete sanft die Hände empor, aber unter dem Erheben überzog sich das göttliche Auge des Ringes mit einem weißen Augenlied. – Mein Herz zuckte bange vor dem nächtlichen kalten Anwehen eines hin und her geschwungenen Dolchs und

* Nämlich die Terzie wieder in 60 Teilchen, jedes wieder in 60, und dieses wieder geteilt.

** Geister fliehen nach dem Aberglauben Richtschwerter.

vor dem ersten Glockenton, der das Jahrhundert ausmachte.

Der Mond strahlte plötzlich den Jüngling an, groß, unbeweglich, bleich, aber voll Glanz fing er an, ohne der Maske zu antworten, und unter der Rede bebten tiefe Töne im Klaviere, aber keine Taste regte sich:

»Es gibt einmal einen letzten Menschen – er wird auf einem Berg unter dem Äquator stehen und herabschauen auf die Wasser, welche die weite Erde überziehen – festes Eis glänzet an den Polen herauf – der Mond und die Sonne hängen ausgebreitet und tief und nur blutig über der kleinen Erde, wie zwei trübe feindliche Augen oder Kometen – das aufgetürmte Gewölbe strömet eilig durch den Himmel, und stürzt sich ins Meer und fährt wieder empor, und nur der Blitz schwebt mit glühenden Flügeln zwischen Himmel und Meer und scheidet sie* – Schau

* Die Astronomie beweiset, daß sich die Erde der Sonne (wie nach Euler der Mond der Erde) in einer Spirale immer näher drehe; und schon die Mechanik beweiset es, da es ebenso wenig außer als auf der Erde ein perpetuum mobile geben kann, weil ja Kraft und Zeit im umgekehrten Verhältnis stehen und mithin jene null würde, wenn diese unendlich würde. Aber ehe der Planet zur Sonne wird (wie der Mensch zur Erde), wovon er genommen ist: so ist weniger die Erhitzung des Erdkörpers – die z. B. nicht bisher mit der Sonnennähe am Äquator unter den geraden Strahlen wuchs und die ja nicht vom Sonnenabstande abhängt, da wir keine diversen Merkmale desselben in den fernsten und nächsten Planeten entdecken – als seine Überschwemmung zu befürchten, weil – außerdem, daß alle Meere immer gegen den Äquator hinaufströmen – die nähere Anziehung der Sonne, des Mondes und mithin der andern Planeten, wie in den Äquinoktien, fürchterlich die Flut der Meere und ebenso des Dunstkreises und zuletzt der Elektrizität auftreiben und über unsere Ameisenhaufen, die wir vom Maulwurf des Erdbebens geerbet, herüberstürzen muß.

auf zum Himmel, letzter Mensch! Auf deiner Erde ist schon alles vergangen – deine großen Ströme ruhen aufgelöset im Meere. –«

»Die alten Menschen, in welchen die frühern Alten lebten, wie Versteinerungen in Ruinen, zergehen unter dem Meere – nur die Welle klinget noch und alles schweigt und das Geläute der Uhren, womit deine Brüder die Jahrhunderte wie einen Bienenschwarm verfolgten, regt sich nicht im Meeressand – Bald flattert das noch von dir bewohnte Sonnenstäubchen hinauf, und die größern blinkenden Staubkörner auch; aber die Sonne trägt den Kindersarg der Menschheit leicht im Arm und hüpfet, von deiner Flugerde schwach bestäubt, jugendlich, obwohl kinderlos, mit andern Schwestern um die Muttersonne weiter... Schwacher Sterblicher! der du vor allem zitterst, was älter wird als du, höre weiter! Auch die Sonnen der Milchstraße ergreifen endlich einander feindlich und umschlingen sich kämpfend zu einer Riesenschlange und eine chaotische Welt aus Welten arbeitet brennend und flutend – Aber im unendlichen Himmel hängt ihre schwarze und feurige Gewitterwolke nur unbemerkt und klein, weit über und unter ihr schimmern die Sterne friedlich in ihren tausend Milchstraßen. – Vernimm weiter, Erschrockner! In der Ewigkeit kommt ein Tag, wo auch alle diese Straßen und weißen Wölkchen sich verfinstern und wo in der weiten Unermeßlichkeit nur Gewitterwolken ziehen aus Sonnen gemacht und wo es dämmert in der ganzen Schöpfung... Dann ist Gott noch; er steht licht in der Nacht, seine Sonne zog die Sonnenwolken auf, seine Sonne zerteilt sie wieder – und dann ist wieder Tag. – – Und nun sprich nicht mehr von der kleinen Vergangenheit der kleinen Erde. – Gott hat den Donner und den Sturm in der Hand und den Schmerz, und ordnet die Ewigkeit und das weiche Würmchen pflanzet sich doch fort durch die stürmischen Jahrtausende – aber der Mensch, die Parze der Erde, die auf Würmchen auftrat, und die überall Opfer forderte und machte, klagte über die höhern für das Höchste. – – Der Unendliche und die Sonne waren ihm, so wie seine Erdscholle sich auf- oder unterwärts kehrte, bald im Auf- bald im Untergang – Tor! sie haben beide keinen Morgen und Abend, sondern sie glänzen ewig fort, aber sie ziehen mit dir und deinem Ball in die unbekannte Gegend* – – Letzter Mensch, denke nicht nach über die lange Welt vor und nach dir; im Universum gibts kein Alter – die Ewigkeit ist jung – sinke in die Welle, wenn sie kommt, sie versiegt, und nicht du!« –

Der edle Jüngling hatte vor Entzückung die Augen geschlossen und der Schnee seines Angesichtes war zu Glanz geworden. Plötzlich änderte sich alles in der überirdischen Minute, der Knabe rief schreckhaft: »es wird 12 Uhr, meine Weiser stehen.« Auf der Uhr mit sieben ruhten schon fünfe über einander und nur die schnellsten flogen noch um. »Draußen fliegt schon die Taube aus Osten«, rief jemand, und die Turmuhr schlug aus.

Ich blickte durch das Fenster und in den langen Bogen des Fluges zog eine blendende Taube unter den Sternen durch den tief blauen Himmel hin; und Luftschiffe voll unbekannter Gestalten jagten nach und eines ging wie unter Schleiern vorüber, worauf alle Menschen waren,

* Bekanntlich bewegt sich die Sonne mit ihrem Gefolge nach einem noch unbekannten Ziel im Norden des Himmels.

die ich innig geliebt und nur am Grabe verloren habe – und dann schoß eines vorüber, worin der Knabe und die verhüllte Jungfrau ruhten; und Sterne fielen in ihr Schiff, sie aber warfen Rosen aus.

Ich blickte nach dem Zimmer zurück. Welches ringende Geisterchaos! Die alten Gestalten gingen durcheinander – neue liefen zwischen sie – die Saiten klangen ungespielt – der Knabe, die Jungfrau und der Jüngling waren entflohen – In dem von Innen hell erleuchteten Spiegel war nichts als mein sitzendes Bild; dieses richtet sich auf, bewegt sich, tritt nahe vor das Glas und will drohend heraus und sagt mich anblickend: »o seh ich mich dort selber? – Warte, Lufterscheinung, ich fürchte dich nicht, ich setze mir, wie Nicolai, einen Blutigel an den After, und dann zerfließest du.« – O wie ist der Spieler, der Mensch, ein Spiel! – Glühende Totenasche legte sich finster auf mein Auge – das gepreßte Leben schlug gewaltsam gegen die kleinste Ader an – endlich bückte sich der überströmte Kopf und ließ sein heißes Blut aus sich fließen.

Zugleich lauter und dunkler wurd es um mich; ein schärferes Getöne umfloß den Betäubten und warf höhere Wellen, um das Leben wegzuspülen; aber die Gestalten fingen an zu erblassen und zu weichen, selber die Maske wurde weiß – peinlich dröhnten in meine offenen Adern die langsamen Glockenschläge von 12 Uhr wie Kanonenschüsse neben der Gruft des Jahrhunderts und ich erwartete bebend den zwölften – aber er verzog, der Tod hielt die Streitaxt des Glockenhammers immer aufgehoben und die zusammenrinnende Menge, weiß wie Ertrunkene, murmelte immer banger: zwölf, zwölf – – als auf einmal eine blühende, beseelte die Türe öffnete und durch die luftigen Figuren durchging und mit einer teuern lebendigen Stimme meinen Namen nannte: ach es war meine Hermina. O wie der Mensch nur durch den Menschen in das Tageslicht des Lebens tritt, indes er in der auflösenden Einsamkeit auf seinen Geist und Leib nur wie auf einen toten fremden unter ihm zuckenden Torso niedersieht! –

Durch die gute Erschrockne und durch die Krisis der blutenden Natur kam ich aus meinen Bildern zurück, die sich immer mehr verglaseten und sich endlich nur zu zerstreueten Gliedern eines Antikenkabinetts zersetzten. Pfeifenberger hielt sich am längsten und wollte schwer zerfahren, und sogar als er schon verflüchtigt war, streckt er noch sein Sprachrohr aus. Ich beruhigte die gute Hermina durch Nicolai, dem ähnliche Erscheinungen viel länger zugesetzt*, der sie aber mit besserer Entschlossenheit empfangen als ich.

* Dem Publikum sind die Gestalten, die Nicolais Augen und Ohren erschienen, schon bekannt. Ich kenne drei zartorganisierte und phantasiereiche Mädchen, welche dieselbe optische Plastik quälte. Es kann keinem Psychologen schwer fallen, meine optische Nachdruckerei der Wirklichkeit, diese größern mouches volantes sich zu erklären, wenn er den Frost, die Nervenschwäche, die Einsamkeit und das Abendessen und Trinken zusammennimmt. Ja jedes Wort der wunderbaren Gesellschaft getrau ich mir aus den Betrachtungen herzuleiten, die ich nachmittags über die Zukunft angestellt; und selber die drei Akteurs (wie anfangs in der griechischen Tragödie) scheinen nur Söhne und Konterfeie der Charaktere zu sein, denen ich im Aufsatz für dieses Werkchen meine säkularischen Betrachtungen soufflieren wollen. Der Schwedenkopf ist eine offenbare Reminiszenz des wilden Jägers, der jetzt aus dem jungen burschikosen Jena ausreitet und dessen Jagdpersonale, Wildzeug, Hüfthörner, Hundekoppel und Weidwerk am Tageslicht be-

Wie erstaunt ich, als mir Hermina sagte, sie habe ihr Wort gehalten, noch früher zu kommen, als das 19. Säkulum. Es war erst 11 Uhr; so richtig hatte das innere Ohr, das immer den zwölften Schlag begehrte, mitten unter den Stürmen nachgezählt; dieser stille Sonnenzeiger in uns bewies sich schon bei Wahnsinnigen und am Ende bei Schlafenden, die in der vorgesetzten Stunde erwachen. Aber nun war ich für die letzte Szene des fünften Akts ganz kalt. Ein Jahrhundert schwand hin vor den gigantischen Jahrmillionen, die der Jüngling vorübergeführt; und selber die Lebendigen schienen mir, wie die wunderbare Gesellschaft, sich jetzt leichter zu entfärben und aufzulösen. Die frische Sonne, dacht ich, wird morgen (wie in ein altes Menschenherz) in das Gebeinhaus des alten Jahrhunderts scheinen auf zerschlagne Statuen, Torsos, Aschenkrüge und Ruinen; und sie wird ein neues herüber bringen, das die Erde mit dem Interdikt belegt, das die Altäre entkleidet, die Reliquien vergräbt und die Heiligenbilder mit Disteln bedeckt und die Tempel verschließet. Aber sie tun es denn! Ein trübes Jahrhundert ist in der langen Jahreszeit der Erde nur ein fliegender Maifrost, eine Sonnenfinsternis; o wie viele Fröste und Stürme dazu sind schon bei Frühlingsanfang dagewesen! – Aber das bessere Herz bleibe sich nur treu und verstumme nicht vor der tauben Zeit. Am Nordpol versteinert (nach den Märchen) der Winter den Strom der Musik, aber in den Frühlingslüften fließen die aufgelösten Töne wieder laut dahin: so wird manches warme

sehen, auf eine Mandel mausender Eulen hinauslaufen. – Manches ist aus den Gemälden meines Zimmers zu erklären, z.B. aus Da Vincis Christus im Tempel.

Wort erstarren und die heiligen Laute wird niemand hören, aber sprecht sie aus, es kommt die mildere Zeit und dann klingt die Äolsharfe aus der rauhen neu.

Weich, aber gestillt stand ich mit Hermina am Fenster vor dem zauberisch wie ein Frühlingshimmel auf die winterliche scharfe Erdennacht erhaben herunterleuchtenden Sternengewölbe, und wir feierten sanft die ernste Stunde. Der Mond schwamm einsam in einem weiten reinen Blau, gleichsam das große Auge auf dem Ringe der Jungfrau, und weit von seiner Lilienglocke waren die Maienblümchen kleiner Sterne gesäet. »O wie gut ist es, Hermina«, (sagt ich, als ich ihre von der Reise sanft nachglühenden Wangen ansah), »daß du vorhin nicht unter den Gestalten erschienest, die neben mir blaß wurden – es hätte mich zu sehr ergriffen.« – Du hast ihr Gesicht nicht gesehen sagte sie, vielleicht war ich die knieende Gestalt mit dem Schleier. – »Das verhüte Gott (sagt ich), denn die Verschleierte saß mit auf dem Totenschiff, das durch den Himmel flog – Rühre mich heute nicht sehr – ich bin ganz aufgelöset, und noch immer schießen mir weiße Gesichter auf und es tönet mir noch von weitem her.« Da ging die Gute gleichsam um das Tönen zu überstimmen, an das Klavier und sang ihr liebstes Abendlied, mit den betenden Augen an den Sternen liegend; und unter den heiligen Tönen, die unser Herz verjüngten und es wieder in seinen ewigen Frühling trugen, löseten sanft und kaum bemerkt die Jahrhunderte einander ab.

Nachwort des Herausgebers

Unter den deutschen Geistern, die von ihrem Volke fast ganz vergessen worden sind, ist der größte Jean Paul, der Begabung und dem seelischen Umfange nach vielleicht der mächtigste Dichter Deutschlands.

Entstanden ist die Mißachtung und schließlich Vergessenheit dieses herrlichen Geistes aus einer Reaktion der Übersättigung. Zwei Generationen waren im Bann dieses Gestirns gestanden, jahrzehntelang war Jean Paul der geliebteste, umschwärmteste, gelesenste deutsche Dichter, die Jünglinge hatten für ihn geglüht, die Frauen über seinen Büchern geweint, die Männer sich über ihn gestritten. Dann war die Ermüdung gekommen, das Gesicht der Welt hatte sich verändert, man wollte andere Töne hören, und zusammen mit der ganzen Romantik warf man den vielbändigen Jean Paul zum Gerümpel.

Indessen war, über alle die Jahrhunderte hinweg, eine heimliche, stille Gemeinde treu geblieben. Mir, der ich als Jüngling den Dichter kennen lernte, den meine Mutter schon geliebt hatte, begegnete es oft, daß Menschen plötzlich aufhorchten, wenn ich von Jean Paul zu sprechen begann, und mir gestanden, dies sei ihr Lieblingsdichter. Und in den letzten Jahrzehnten ist der Name Jean Pauls wie der eines Hausgottes in der Gemeinde Stefan Georges verehrt worden.

Was unsre Zeit an Jean Paul nicht mehr goutieren zu können meint, ist seine sogenannte Sentimentalität und seine sogenannte Langatmigkeir. Wer ohne Liebe, ohne Ehrfurcht, ohne Geduld liest, dem macht er auch wirklich Mühe. Er führt zähe, vielsträhnige, verzwickte Wege, denn er ist ein Vulkan von Phantasie. Und seine oft verlachte Empfindsamkeit ist nichts andres als der Gegenpol zu seiner kühnen, strahlenden Männlichkeit und Kraft – er suchte nach jeder Seite hin den stärksten Ausdruck, und so auch in der Sphäre des Sentimentalen. Darin verstand und liebte ihn seine Zeit, und die vielen andern Seiten seines Geistes sind bis heute immer nur von Einzelnen begriffen und in ihrer Mächtigkeit geahnt worden. Der zarte tränenreiche Dichter der Lianen und Winden hat auch den Luftfahrer Gianozzo, den Schoppe und die »Rede des toten Christus vom Weltgebäude herab« geschrieben, er hat in fast unzähligen kleinen Dichtungen, Vorreden und Aufsätzen eine Geistigkeit entfaltet, welcher Deutschland noch nicht nachgewachsen ist und deren Wirkungen zum großen Teil noch in der Zukunft liegen. Er war Deutschlands freiester Geist, nicht bloß eine Zeitlang sein liebenswertester Dichter.

Seine Auferstehung eilt nicht, in Vorzeichen ist sie schon zu spüren. Eine Gesamtausgabe seiner Werke, um deren Zustandekommen seit zwei Jahrzehnten mit mir viele Überzeugte bemüht waren, fehlt noch immer und wird in der Not und Armut dieser Tage auch kaum zustande kommen können. Inzwischen erschienen da und dort Einzelausgaben und ihnen schließt die vorliegende sich an. Sie bringt drei der reizvollsten von Jean Pauls kleineren Dichtungen, von denen nur die »Reise nach Flätz« noch einigermaßen bekannt war.

Inhalt

Das heimliche Klagelied
der jetzigen Männer
7
Des Feldpredigers Schmelzle
Reise nach Flätz
51
Die wunderbare Gesellschaft
in der Neujahrsnacht
117
Nachwort des Herausgebers
139

Zu dieser Ausgabe

insel taschenbuch 2262: Das vorliegende Taschenbuch folgt der Ausgabe: Die wunderbare Gesellschaft in der Neujahrsnacht. Erzählungen von Jean Paul. Merkwürdige Geschichten. Herausgegeben von Hermann Hesse im Verlag Seldwyla/Bern (1922). Umschlagabbildung: Archiv für Kunst und Geschichte, Berlin.